KB049282

나무 사이

나무 사이

나답게 살기로 한
여성 목수들의
가구 만드는 삶

박수인 · 지유진 지음

샘터

매일 나무를 만지는 삶

○

수인

스테인으로 얼룩진 손톱, 이곳저곳 상처 나고 까무잡잡해진 손, 나무 먼지에 허예진 정수리까지. 온몸에는 덕지덕지 붙은 파스 냄새가 진동하는 이곳, 파주의 작은 공방이 삶의 주 일터인 우리에게 누가 관심이 있을까 싶었다. '인간극장' '동네 한 바퀴' 등에서 여자 목수들의 일하는 모습이 궁금하다는 연락이 와도 한사코 거절한 이유다. 그러다 블로그에 올린 제작 일기를 보고 우리가 궁금해졌다는 출판사 편집자님의 연락을 받았다. 공방을 방문해 이야기를 나누고 나서 더 궁금해졌다니 몹시 의아했다. "목수님들의 평범한 일상과 일에 대한 생각을 솔직하게 써 주시면 되어요." 특별함이 아니라 평범함이라면 자신 있지 싶어 덥석 책을 쓰기로 했다. 하지만 글을 쓰면 쓸수록 막막함이 늘어나고 작가라는 직업에 존경심만 치솟던 날들을 보냈다. 배송 가는 길 조수석에서, 작업 중 틈틈이, 이른 아침 하품을 참아 가며 5년간의 지난날들을 정리했다. 별일도 결국은 지나갔고, 별것 없는 날들을 감사하게 되었다.

혹시나 공방 창업을 꿈꾸고 있는 분들이 수익 구조를 탄탄히 하고 브랜딩을 배울 수 있는 책으로 이 책을 선택했다면 잘못 골랐다. 우린 전혀 똑똑하게 살고 있지 못하다. 로켓배송 시대에 며칠이 걸려 가구를 만들고 직접 만나 가구를 놓아 드리는 일만큼 비효율적인 일이 있을까? 하지만 가로 1220mm 세로 2440mm의 거친 표면을 가진 나무가 단정한 하나의 가구가 되어 누군가에게 닿는 그 과정을 우리는 너무나도 사랑한다. 지친 몸으로 맥없이 던지는 농담에 웃는 공방 멤버들을 사랑한다. 가구를 보고 환하게 짓는 미소를, 감사하다며 간식거리를 기어코 쥐어 주는 마음을 사랑한다. 무엇보다 단단하게 발을 딛고 사는 공간, 그 공간에 온전히 어울리는 가구를 만드는 삶, 매일 나무를 만지는 낭만을 포기할 수 없다. 포기할 수 없는 낭만이 있는가? 그런 낭만을 사랑하는 사람들이 이 책을 읽었으면 좋겠다. 그렇게 평범한 일상 속 나만의 작은 낭만을 잃지 말자는 다짐이 연결되었으면 좋겠다.

또 하나 사랑하는 것은 함께 일하는 것이다. 뉴스는 직장 내 괴롭힘, 꼰대, 이해할 수 없는 MZ세대 등 가슴 한편이 답답해지는 단어들로 도배되고, 세대와 성별, 사는 곳까지 무엇이든 기준 삼아 편 나누기에 열 올리는 퍽 쓸쓸한 세상이다. 이 각박한 세상에서 최소한 함께 일하는 사람들만큼은 서로 조금은 다정하고, 따뜻하길 바라는 마음으로 이 책을 썼다. 그렇게 모인 따뜻함으로 쓸쓸함을 조금씩 불어 냈으면 좋겠다.

사랑하는 가족, 카밍그라운드 멤버, 우리를 포기하지 않고 다독여 준 이은주 편집자님, 선뜻 팬이라며 재능을 내어 주신 치커리 일러스트 작가님. 그리고 앞서 걸어간 길을 다정하게 안내해 준 김하나, 황선우 두 작가님께 각별한 감사의 마음을 전한다.

다정함에 뿌리를 두고

○

유진

무사히 원고를 넘기고 언니는 여수로 짧은 여행을 떠났다. 가만히 셈해 보니 공방도, 호수와 나도 둔 채 떠나는 여행은 7년 만이었다. 언니가 돌아와 기분 좋기를 바라는 마음으로 집 정리를 시작했다. 창문을 열고 이불의 먼지를 털고 싱크대도 박박 닦아 내고 편백 룸 스프레이를 칙칙 뿌려 상쾌한 자연의 느낌도 더해 본다. 야무지지 못한 손으로 정성 들여 몇 시간에 걸쳐 정리하고 차 한 잔을 내렸다. 어쩐지 지금의 내가 더 좋은 기분이 든다. 공간을 보살피는 일은 반려인과 반려동물, 그리고 나를 다정하게 대하는 마음에서 시작된다.

우리는 다정함을 뿌리에 두고 가구를 만드는 사람들이다. 그리고 우리가 만든 가구를 주문 주시는 분들 또한 결이 비슷하다는 걸 느낀다. 많은 가구들 중에서도 나무로 만들어진, 사람의 손길이 닿아 만든 가구를 쓰시는 분들이니 말이다. 사람이나 사물, 공간을 다정하게 대하는 분들이라 맞춤 제작이나 사이즈 변경 상담을 하면서도 대화가 잘 통하는 느낌이다. 고객과의 상담일 뿐인데 어쩐지 조금 친해진 느낌이 들기도 한다. 단골손님들은 꾸준히 애정을 표현해 주시고, 선물용으로 주문을 하시거나 선물을 보내 주시기도 한다. 좋아하는 가게가 있다고 해서 이렇게 하는 것이 쉬운 일이 아님을 잘 안다. 기술 하나쯤은 갖고 있어야 한다는 단순한 마음으로 목수 일을 시작했는데, 지금은 이렇게 연결되어 있다는 든든함으로 가구를 만들어 간다.

목공 기술을 익히는 일도, 자영업자로 살아가는 일도 결국 관계를 통해 유지된다. 이 말이 뻔한 문장으로 다가오는 이유는 사실 당연한 본질이라서가 아닐까. '초심을 잃지 말자'는 말이 고객을 먼저 생각하자는 말과 같은 뜻으로 여겨지는 것도 이 관계들을 중요하게 생각하자는 뜻일 것이다. 그런 이유로 이 책을 쓰면서 가구를 만드는 기술이나 방법에 대한 설명보다는 관계에 관한 에피소드들을 더 담아내려 했다. 이 책이 목공 하는 여성들의 이야기이기에 앞서 관계에 대한 책으로 읽히길 바란다. 함께 일하는 사람들과 어떻게 소통하고 어떤 태도로 서로를 대하는지, 고객분들과의 에피소드를 통해 우리가 무엇을 반성하고 어떤 마음으로 가구를 만드는지 글로나마 우리의 삶을 엿보며 읽는 분들 주변의 다정한 관계에 관해 떠올려 주시면 좋을 것 같다.

이 책은 쓰는 사람과 편집하는 사람을 더해 읽는 사람까지 모두 비슷한 결을 가진 사람일 것이라 생각한다. 그 결을 표현하기 위해 애써 주신 이은주 편집자님과 치커리 작가님, 책이 완성되기까지 애써 주신 샘터 출판사 분들과 황선우, 김하나 작가님께 감사를 전한다. 언니들 책 써야 한다며 공방에서 우리를 내쫓고 묵묵히 일을 해내어 준 막둥이 은혜와 사랑하는 가족의 도움이 아니었다면 이 책을 출간하지 못했을 것이다. 우리, 맛있는 거 먹으러 가요!

차례

2장

··· 오늘의 나무와 내일의 가구

3장

··· 일은 혼자서 할 수 없는 것이어서

4장

··· 마음을 포개며 일하는 사람

1장

:

고유한 무늬를 기지기로 했다

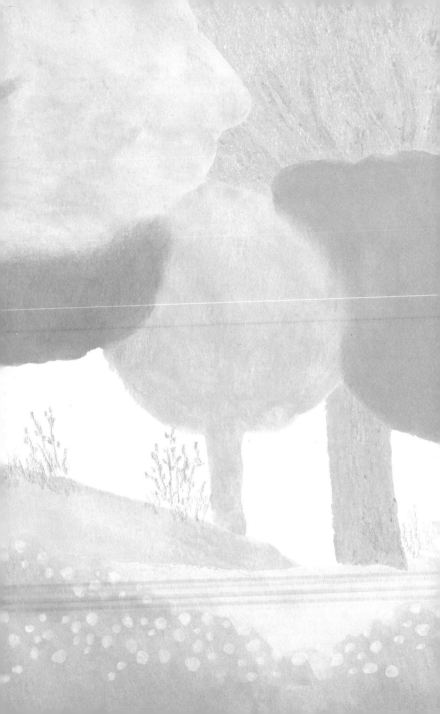

처음 쓰는 근육

2017년 1월, 추운 겨울이었다. 나는 휴직계를 내고 목공 학교에 있었다. 처음 간 그곳의 분위기는 아주 새삼스러웠다. 직업도 나이도 모두 다른 서른 명의 사람이 작업 테이블 주변을 빙 둘러서 있었다. 사방에는 익숙하지 않은 기계와 공구 들이 웅장미를 뽐내며 빼곡히 차 있어, 왠지 으스스한 기분이 들기도 했다.

부모님의 기대를 받던 K 장녀인 내가 휴직계를 내고

이곳에 있기까지를 간략히 말하자면 이렇다. 나는 해외 상업용 부동산 회사에서 일했었다. 영화에서 '회사원'이라는 배역을 맡은 것처럼, 쳇바퀴를 돌리는 다람쥐처럼 열심히 살았다. 그런 내 모습이 싫지 않았고, 인정받는 느낌은 나를 들뜨게 했다. 회사가 체질이라는 생각이 들 정도였다. 그러다 갑자기, 번아웃이 찾아왔다. 회사 건물에 도착해 엘리베이터 앞에 서면 숨이 턱 막히는 기분이었다. 사직서를 냈고, 대표님은 쉬면서 한 번 더 생각해 보라며 한 달간 휴직을 권했다. 사흘을 자고 먹고 술 마시고를 반복하며 그간 못 누린 자유를 누렸다. 그러다 훅 느꼈다. 나는 잘 쉬는 법을 모르는구나.

회사원일 때의 쉼은 틈나는 대로 여행 다니기였다. 금요일이면 쫓기듯이 여행 가방을 들고 일본, 홍콩 같은 비행시간이 짧은 곳으로 날아갔다가 후다닥 관광하고 일요일 새벽에 돌아왔다. 그러고는 꼭 이렇게 얘기했다. '역시 집이 최고'라고. 아니면 아주 매운 음식에 도전하기도 했다. '이 정도 맵기는 괜찮은데?' 하는 맵부심을 부리며 위장을 잔뜩 성나게 하고서야 스트레스가 풀렸다고 생각했다.

시간이 많아졌으니 이번에는 좀 긴 여행을 떠나 볼까? 아니면 전국의 매운 맛집을 돌아 볼까? 고민하다 이내 관두었다. 전혀 그려지지 않는 미래가 도피 여행이나 도파민 가득한 매운 자극으로는 달라질 수 없는 것이었다.

문득 새로운 것을 배워 보자는 생각이 들었다. 도배, 캐드, 영상 편집, 제빵…… 배움의 세계는 넓고도 다양했다. 세상에 이렇게나 많은 배움이 있었다니! 찬찬히 수업 목록을 살펴보니 매일 오전 9시부터 저녁 6시까지 하는 목공 심화반이 눈에 띄었다. 대부분의 수업이 주 몇 회나 매일 두어 시간인데 반해 빽빽한 커리큘럼의 이 수업은 잘 쉴 줄 모르는 나에게 딱 맞는다는 생각이 들었다. 그대로 목공 심화반을 등록했다.

그렇게 들어온 목공 학교 팀에서 나는 막내였다. 오랜만에 막내인 기분도 왠지 좋았다. 무엇인가를 책임지고 앞장서지 않아도 되는 상황에 해방감을 느꼈다.

체했을 때나 꾹꾹 눌러 보았던 이 부분에
근육이 필요할 줄이야.

초등학생 때나 만져 보았던 각도기와 삼각자를 들고 방안지♠에 도면을 그리는 것, 처음 다루는 도구들의 사용법을 하나하나 알아 가는 것, 맨손으로 목재를 만져 보는 것. 모든 것이 새삼스레 설렜다.

드릴 같은 소도구의 사용법부터 차근차근 배웠다. 입김이 나고 손이 꽁꽁 얼었지만 시간 가는 줄 몰랐다. 물론 어려운 점도 많았다. 처음엔 에어타카♠♠를 내 힘으로 갈아 끼우지도 못했다. 뭐랄까, 태어나서 한 번도 써 보지 않은 희한한 위치에 있는 근육을 써야 하는 느낌이었다. 엄지와 검지 사이 근육에 힘이 필요한데, 체했을 때나 꾹꾹 눌러 보았던 이 부분에 근육이 필요할 줄이야. 회사에 다닐 때 늘 뻐근하던, 목과 어깨의 그 익숙한 근육통이 아니었다. 견갑골 아래에 움푹 팬 부분 같이, '아니 이런 부분도 근육통이 온다고?' 싶은 곳이 욱신거렸다. 하지만 서툰 기술

♠
모눈종이라고도 부른다. 일정한 간격으로 가로줄과 세로줄이 있어 수치가 필요한 도면을 그릴 때 용이하다.

♠♠
못 역할을 하는 타카핀을 안에 넣어 공기의 힘으로 강하게 쏘아 내는 긴

로 고군분투하는 나날과 낯선 근육통으로 덕지덕지 파스를 붙인 내 몸이 싫지 않았다. 그렇게 내 손으로 처음부터 끝까지 완성하는 목공의 매력에 완전히 빠져 버렸다.

고대하던 밴드쏘♠와 테이블쏘♠♠ 수업이 있던 날이다. 의자의 다리를 재단하기 위해 밴드쏘를 쓰던 한 분이 톱날에 손이 깊게 베어 병원에 갔다. 이 사고로 인해 예정되어 있던 테이블쏘 실습은 직접 해 보지 못하고 선생님의 시연을 보는 것으로 대체되었다. 긴장했지만 가장 해 보고 싶었던 수업이었던 터라 못내 아쉬웠다. 더 배워야겠다고 생각했다. 막연히 밝은 미래를 꿈꿀 때는 아니라는 걸 알지만, 분명한 것은 회사로 돌아가 이전의 삶을 살지는 못하리라는 것이었다.

가구를 만들 때는 깔끔하게

♠
수직으로 띠톱이 돌아가며 다양한 곡선 모양을 자를 수 있는 재단기

♠♠
테이블 가운데 커다란 원형톱이 장착되어 목재를 재단하는 목공방의 주 기계

다듬어진 목재가 모양을 잡고 기다리는 것이 아니라, 아주 거친 목재에서 차츰 다듬어지며 형체를 갖추기까지 수많은 과정이 존재한다. 그 점이 좋았다. 단계마다 어떤 마음으로 임하느냐에 따라 가구는 다른 모습이 되었다. 그리고 또 하나, 서툴지만 계속하다 보면 가구의 만듦새는 더 근사해졌다. 일도 가구 만들기와 같다. 좋아하는 일을 잘하기 위해선 방법이 없다. 그냥 계속하는 수밖에.

옛날 삼촌 차에서나 볼 법한 악력기를 사서, 운전할 때도 티브이를 볼 때도 열심히 누르며 아귀힘을 키웠다. 순전히 에어타카를 내 힘으로 끼우기 위해서. 그러자 처음 느꼈던 근육통이 악력기를 누른 시간만큼 서서히 익숙해졌다.

'무엇이든 일단 더 해 보자. 할 수 있을 것 같아.'

워크 위드 라이프

서른이 되었다. 적성에 맞는다기보다 어쩌다 보니 계속 다니고 있는 회사, 직급은 대리인데 능숙하게 잘하는 것도 없는 나. 예전부터 되고 싶었던 라디오 PD의 길과도 멀어진 지 오래다. 서른이 되면 뭔가 달라질 줄 알았는데 나는 그대로였다. 지금처럼 살고 싶지는 않다는 생각이 번뜩 들었다.

필립 로스는 서른에 대해 이렇게 말했다. "더 이상 성숙해지고 있는 것은 아니면서도 아직은 노화로 나빠지고 있는 것도 아닌 상태로 간신히 폭이 좁은 터널 하나를 지나온 얼굴로 서 있는 나이"라고. 미숙과 성숙 사이를 오가며 이 좁은 터널 하나를 겨우 벗어나려 할 때 눈 앞에 펼쳐지는 풍경은 아직 봄이었으면 좋겠다. 아니면 많이 양보해서 초여름이라도 되었으면. 아직 푸릇한 계절이기를, 마음껏 뛰어다니며 호기심이 많은 표정으로 세상을 궁금해하기를……. 막연히 서른이라는 경계에서 그렇게만 생각했다. 인생에 정답이 없으니 자신만의 삶을 살라고 하는데, 차라리 정답이 있어서 그 답을 찾는 방향이 살아가기 수월할 것 같았다.

며칠을 어두운 얼굴로 출근했다. 이직을 하고 싶어도 딱히 가고 싶은 곳이 없었고, 퇴사를 하려고 해도 돈이 없었다. 돈이 하늘에서 뚝 떨어지면 좋을 텐데……. 다른 선배들은 서른 살에 어땠을까?

"수인 과장님은 서른 살에 뭐 하셨어요?"
"첫 직장 그만두고 퇴직금 니 들고 아일랜드 가서 1년 살았지.”

“왜요?”

“그때 아니면 못 할 것 같아서.”

“(뭐야, 너무 멋있어. 서른은 이렇게 과감해야 하는 거구나!) 그럼 저도 일단 퇴사부터 할까요?”

과장님은 아서라 하는 표정으로 물었다.

“왜? 일이 힘들어?”

“뭘 하고 싶은지도 모르겠고, 일이 재미있지도 않고요…….”

“일이 재밌어서 하나, 그냥 하는 거지.”

과장님은 회사에서 인정받고 있는 분이었다. 능력치가 나보다는 백만 배 높은 사람이니 일을 좋아한다고 생각했다. 하지만 과장님은 일을 그저 일로 대했다. 재미가 중요하면 퇴근 후 취미 활동으로 채워도 되지 않느냐는 식이었다. 이 말도 일리가 있다. 열심히 일하고, 행복은 퇴근 후에 채우는 방법. 많은 사람이 실제로 걷고 있는, 그런 길.

과장님을 잘 따랐지만 그건 내가 바라는 삶은 아니었다. 나의 삶은 워크 앤 라이프의 밸런스를 맞추는 것으로는 충분치 않아 보였다. 워크 앤 라이프로 나눠진 삶이 아닌 워크 위드 라이프, 그러니까 일과 삶이 함께하는 인생이길 바랐다.

일과 내가 한 몸이 되고 일로 에너지를 얻는 삶, 자연스럽게 내일의 내가 기대되는 삶, 60대가 훌쩍 넘은 나이에도 이 일을 하고 있다 생각하면 '인생 잘 살았다' 하고 미소가 지어질 수 있는 삶. 모두 일이 재밌어야 가능한 삶이다. 그런 삶을 살기로 했다.

가구 공방 출근기

퇴사했다. 인수인계로 정신없이 마무리된 퇴사 과정 후 며칠은 기분 좋게 쉬었다. 회식이 아닌 편안한 술자리, 끔찍한 지옥철을 타지 않아도 되는 아침, 사라진 월 요병…… 이 모든 게 너무 사랑스러웠다. 늦잠도 마음 껏 잤다. 미래에 대한 불안감이 없었다면 거짓말이겠지 만 이제라도 천직을 찾은 게 어디냐 싶었다. 평일에는 인터넷으로 '목재의 이해' '마감재의 이해' 같은 기초 이론 강의를 듣고 주중에는 직접 제작해 볼 수 있는 학

원에 다녔다. 매주 토요일엔 연신내로 가서 카빙 수업을 들었다. 목공에서 '카빙'은 나무를 나이프로 직접 다듬고 깎아 나가며 주로 작은 도구인 숟가락, 주걱, 포크 등을 만드는 것을 뜻한다. 일요일엔 베란다에서 아침부터 저녁까지 카빙 수업을 복습했다. 목욕탕에서 쓰는 의자에 앉아 10시간이 넘도록 나무를 깎았다. 매일 내가 할 수 있는 최선으로 나무와 만났다. 빨리 나무랑 친해지고 싶고, 뛰어난 기술로 뭐든 척척 만들고 싶었다. 회사를 그만두었다고 해서 마냥 늘어져 있기는 어려운 나이였다.

그렇게 세 번의 계절을 열심히 보낸 후 본격적으로 일자리를 알아보았다. 수입 없이 계속 배우기만 할 수는 없었기 때문이다. 하지만 30대 여자에게 가구 공방의 일자리는 쉽게 허락되지 않았다. 서류를 통과하는 곳은 극히 일부, 어쩌다 면접에 가면 '이 일이 얼마나 힘든지 아느냐'를 반복해서 말하며 겁을 주기 일쑤였다. 출퇴근 시니리든시 히는 기본적인 조건도 따질 수기 없이 가구 공방이라고 하면 무조건 이력서를 보냈다.

그렇게 출근한 첫 가구 공방은 남양주였다. 집에서 왕복 2시간 거리에다 여자 화장실이 없었지만 선택권이 없었다. 청소를 언제 했는지도 가늠하기 어려운 공용 화장실을 사용하기 위해 출근 전날 락스 두 통과 고무장갑을 들고 가 3시간을 청소했다. 점심은 차갑게 식은 배달 도시락이었는데 추운 컨테이너 안에서 찬밥은 잘 넘어가지 않았다. (이때 내가 공방을 연다면 절대 직원들에게 찬밥을 주지 않겠다고 굳게 결심했다.) 비슷한 시기에 일하기 시작한 20대 남직원은 첫날부터 테이블쏘 작업과 가구 제작의 주된 업무를 도맡았다. 나에겐 샌딩♠ 같은 반복적인 업무나 물품을 꼼꼼히 다시 확인하는 검수 업무가 주어졌다. 아니면 제품이 완성되면 예쁘게 사진을 찍어 보라고 했다. 목공을 배워 보고 싶다고 온, 아무 배경지식이 없던 그 직원에 비해 나는 너무나 열심히, 성실히 배우고 익히고 다져 왔는데 뭘 만들어 볼 기회도 주어지지 않았다.

♠
사포를 사용해 거친 곳을 매끄럽게 다듬는 과정

퇴근 시간을 넘겨서 일하는 것은 예사였다. 밤 11시
가 돼도 작업이 끝나지 않는 날들이 이어졌다. 짧은 시
간 내에 출고하도록 무리한 주문을 받았기 때문이다.
그 공방의 대표는 목공을 배운 적도 없는 사람이었고,
다른 곳에서 잘 팔리는 제품들의 디자인을 카피해 미용
실이나 대형 가구 단지 등에 납품하는 식으로 운영했
다. 결국 그곳은 출근한 지 두 달 만에 문을 닫았다. 지
난달 월급도 못 받았는데 대표는 두 달 치 월급 모두 줄
수 없다고 했다. 법대생 출신으로서 노동법을 모르는
것도 아니었지만 현실은 달랐다. 그 일로 논쟁이 오가
고 싸움이 지속되는 것을 버텨 낼 힘이 남아 있지 않았
다. 너무 화가 났지만 나는 그냥 그렇게 물러나 돌아왔
다. 울 수 있는 곳은 차 안뿐. 마지막 퇴근길, 음악을 틀
고 엉엉 울었다. 팀장이었던 시절을 그리워하지 않았다
면 거짓말이다. 명함으로 내 인생이 보이던 그때, 카드
값이 나가고 나면 통장이 텅장 된다며 농담을 하던 그
때 말이다.

하지만 울고만 있을 순 없었다. 2주 정도 뒤에 다음 공방으로 면접을 보러 갔다. 젊은 사장님이 운영하는 활기찬 분위기의 공방이었기 때문에 기대가 컸다. 면접을 보는데, 첫 질문을 듣고 말문이 턱 막혔다.

"서른 넘은 여자가 왜 이런 일을 하려고 해요?"

면접관인 그의 나이는 서른여섯이었다. 그는 함께 일하는 친구들이 다 20대라 좀 불편해할 것 같다며 돌아가라 했다. 힘겹게 들어간 첫 공방에서는 두 달 치 임금을 받지 못했고, 어렵게 본 두 번째 면접에서는 이상한 말만 듣고 취업에도 실패했다.

다시 면접을 보고 두 번째로 출근한 공방은 파주였다. 남자 두 분이 일하고 있는 곳이었는데 서로 사이가 썩 좋지 않았다. 그래도 화장실이 실내에 있었고, 사장님 어머니가 따뜻한 밥으로 점심을 주셔서 행복했다. 참 사람이 그렇게 적응한다. 따뜻한 밥만 주어도 감사했다. 다만 사이가 좋지 않은 두 분 사이에서 먹는 점심은 불편했다. 한마디 대화가 없었다. 각자 하고 있는 게임을 자동으로 돌리는 침묵의 점심시간. 대부분 5분 컷. 아무리 서둘러 먹어도 그 시간을 맞추기는 무리였다. 식사 시간이 지나면 담배를 태우러 나갔다가 들어와 믹스 커피를 먹는, 아주 잘 지켜지는 루틴이 반복되었다.

일하는 중간중간 그들은 담배를 태우며 쉬는 시간을 가졌다. 나도 좀 쉴 겸 핸드폰을 켜 보았지만 어쩐지 그냥 노는 것 같아서, 근처에 나가 조금 걷거나 주변에 똥강아지들 간식을 주거나 했다. 그들이 핀 담배꽁초는 바닥에 툭툭 버려졌으며, 그것을 치우는 것은 자연스레 여성 노동자인 나의 일이 되었다. 화장실을 청소하고 담배꽁초를 정리하고 커피를 타서 나르는 일. 어쩌면 나 자신도 모르게 깊숙이 박혀 버린 관념이었다. 그렇게 하지 않으면 굳이 상대적으로 힘이 약한 여성 노동자를 쓸 이유가 없다고 생각할 수도 있으니까…… 그때의 나는 많이 작아져 있었던 것 같다.

파주 공방에서의 주 업무는 테이블 상판을 마감하는 일이었는데, 거의 하루 종일 마감만 하는 날들이 많았

그때 나는 할 수 있는 일을 묵묵히 했다.

분명 그때가 있어

지금의 능숙한 마감을 할 수 있게 되었다고 자부한다.

다. 그래도 그 업무가 주어진 것에 감사했다. 그때 나는 할 수 있는 일을 묵묵히 했다. 분명 그때가 있어 지금의 능숙한 마감을 할 수 있게 되었다고 자부한다.

그다음 일터는 김포에 있는 공방이었다. 사실 8로 시작하는 생년월일을 너무 바빠 9로 보았다는 면접관 덕에 얻은 자리다. 20대 초중반의 청년들이 모여 일하는 공방이었다. 거기서 나는 맏언니이자 나름 경력자로 일하게 되었다. 첫 출근 날 목공 일은 처음 해 본다는 동생을 만났다. 그 동생은 지금 공방의 막내 목수이다. 아울러 그때 생년월일을 잘못 보고 기회를 준 면접관은 지금 독립책방 '게으른 정원'의 주인장이 되었는데, 가끔 만나 술 한잔씩 기울이는 좋은 친구이다.

쉽지 않은 시간이었고, 분에 차고 우는 날이 훨씬 많았지만, 그때의 시간을 지나왔기에 단단해진 내가 있다. 그리고 지금의 연이 있다.

우리의 공방을 찾아서

    과장님이 휴직을 했을 땐 우리가 함께 살기 시작한 지 1년 정도 되었을 무렵이었다. 비슷한 또래인 우리는 퇴근 후엔 언니 동생 하며 술 한잔하는 사이로 편하게 지내고 있었다. 그때의 나는 빨리 독립을 하고 싶었지만 보증금이 없었는데, 때마침 언니는 함께 살던 친구가 서울에서 먼 지역으로 취업하면서 혼자 감당하기 부담스러운 월세를 나눌 룸메이트가 필요했다. 우리는 그렇게 한집에 살게 되었다.

주변 사람들은 과장님과 한집에 산다고 하면 먼저 놀랐고, 이내 걱정했다. 아무리 좋은 직장 상사라도 퇴근 후에 함께 있는 것이 불편하지 않겠냐고 물었다. 하지만 언니는 나에게 술에 취해도 바래다주지 않아도 되는, 대화가 잘 통하는 술친구였다. 우리는 거의 매일 저녁 얘기를 나눴다. 어릴 때 상상했던 30대는 내 집에 살며 내 차로 운전하는 모습인데 현실은 왜 그렇지 않느냐는 푸념부터, 어릴 때 보았던 〈첨밀밀〉과 왕가위 감독에 대한 찬양, 우리 생에 유재하 같은 가수가 또 나올까 하는 이야기까지…… 이야깃거리는 영화, 음악 취향부터 '요즘 애들은~'으로 시작하는 꼰대 같은 주제까지 다양했다. 다행히 언니와는 취향이 잘 맞았고 마음이 동하는 지점이 같았다.

우리가 만나지 않았다면 어땠을까. 언니는 계속 회사를 다녔을 테고, 나는 좋아하는 일을 찾아 이직하며 살았을 것이다. 언니는 이상보다 현실을 생각하는 사람이라 결정을 내리기까지 수십 번을 곱씹는다. 그렇기에 안정적인 회사를 그만두고 미래가 보장되지 않는 창업을 하는 길을 쉽게 선택하지 못했을 것이다. 반대로 나는 이상만 좇는 사람이라 창업을 해 보고 싶긴 하지만, 현실로 실행할 방법을 찾지 못해 꿈만 꾸었을 것이다. 각자의 성향만 두고 보면 하지 못했을 많은 일들을 둘이 함께라서 용기 내어 해 볼 수 있었다.

언니와 매일 저녁 미래에 대해 이야기하고, 또 우리가 꿈꾸는 여성상에 대해 이야기했다. 우리가 멋있다고 생각하며 바라보는 여성은 웬일인지 기술직의 모습이었다. 트럭을 타고 코너를 도는 모습, 건축 현장에서 입에 못을 물고 드릴을 쥐는 모습, 무거운 자재들을 이쯤이야 하며 가뿐히 들어 올리는 모습. 우리가 살아가며 종종 마주치는 여성 버스 기사, 여성 용접공, 여성 목수들은 한 번 더 고개를 돌려 보게 만드는 여성들이다. 멋지다.

'언니, 역시 여자는 기술이야!'

그 길로 언니가 배우는 목공 기술과 내 디자인 재능을 살려 우리만의 공방을 만들기로 했다. 우리는 서울부터 의정부, 양주, 일산 등 경기 북부의 거의 모든 창고형 공방을 알아보며 발품을 팔았다. 좀체 마음에 드는 곳이 없었다. 마음에 드는 곳이라는 조건이 언니에게는 공장 지대가 아니되 소음에 관한 민원이 없어야 하고, 전력량이 충분하며, 사무실과 쇼룸, 화장실이 실내에 있는 곳이다.(여러 곳에서 일을 하면서 꼭 필요한 부분이라고 생각했던 것 같다.) 내 조건은 간단했다. '뭔지는 모르겠지만 마음이 꽂히는 곳'이다.

결정을 내리기까지 많은 생각을 하는 언니와 일단 결정을 내리고 이유를 찾는 나의 차이 덕분에 지금의 공방을 선택하게 됐다. 이곳을 처음 봤을 때 창문 너머 펼쳐진 논 뷰와 문 앞 이웃의 빨간 벽돌집, 그리고 은행나무 세 그루가 마음에 쏙 들었다. 월세도 괜찮았고 내부도 깨끗했다. 언니도 지금까지 보았던 곳 중에 가장 나은 편이라고 말했지만, 조금 더 알아보고 싶은 눈치였

'언니, 역시 여자는 기술이야!'

다. 하지만 내 머릿속에는 이미 이 공간을 어떻게 꾸밀지와 작업 과정, 휴식 시간까지 모두 그려지고 있었다. 나는 이미 뭔지 모를 확신이 생겨 언니에게도 이 분명한 마음을 전달했다. 설득하는 방법도 참 우스웠다. 말주변이 없어서 일목요연하게 설명하지는 못하겠고 언니의 상상력을 자극하는 방법을 썼다.

"언니, 왼쪽 구석에는 테이블쏘를 놓고 가운데에 작업 테이블을 놓는다고 상상해 봐. 을매나 멋있을까! 열심히 땀 흘려 작업하다가 문 앞에 캠핑 의자를 두고 이 예쁜 은행나무들을 바라보며 시원한 믹스 커피를 마시는 거야! 캬아!"

이 무모한 설명에 언니가 설득되었는지는 모르겠지만, 그렇게 우리는 지금의 만우리 공방을 계약했다.

카밍그라운드

김포 공방 일을 하면서 결심했다. 언젠가 나만의 공방을 열기로. 일에 재미를 붙였고, 어느 정도 자신감이 생겼다. 디자인과 브랜딩 기술이 있는 유진도 함께하기로 했다. 그래, 이제 우린 사업 동반자다! 언제 공방을 열지는 모르지만, 호기롭게 주말마다 공방을 오픈할 창고를 알아보러 다녔다. 발품을 많이 팔아 봐야 마음에 드는 곳을 고를 수 있겠다는 생각에서였다. 처음에는 서울 쪽을 알아보았지만 오래된 컨디션임에도 불구

하고 감당할 수 없는 월세를 듣고서는 포기했다. 장소는 서울에서 일산, 일산에서 파주로 점점 넘어왔다. 파주도 신도시 내의 깔끔한 상가나 창고의 월세는 약속이나 한 듯이 월 이백만 원이 넘었다. 불확실한 미래에 매달 나갈 월세만큼은 부담을 줄여야겠다고 생각해 점점 더 시골로 들어갔다.

부동산 서너 군데에 꼭 필요한 조건을 얘기했다. 화장실은 반드시 실내에 있을 것, 목재가 드나들기에 충분한 출입문이 있을 것, 창문 밖으로 바로 옆 건물이 보이지 않을 것.

부동산에서 소개해 준 곳 중 이 정도면 괜찮지 싶은 곳도 있었지만 마음에 쏙 드는 곳은 나타나지 않았다. 그렇게 어림잡아도 50곳이 넘는 창고를 보았다. 보통의 창고들은 산업 단지에 몰려 있어, 창문을 열면 바로 옆에 또 다른 창고가 있다. 창고 주변에는 파레트*가 위험하게 쌓여있고 덩치 큰 트럭이나 화물차 늘이 주차된 곳이 많았다. 단

♠
화물을 컨테이너 등에 싣거나 내릴 때 사용하는 오반대

독으로 위치한 창고들은 파주에서도 아주 깊이 들어가야 볼 수 있었다. (파주는 과장을 좀 더해 미국을 횡단하는 느낌이 들 정도로 아주 크다.) 당시 살고 있던 일산에서 차로 1시간이 넘게 걸렸고, 같은 평수에도 산업 단지와 월세가 2배 가까이 차이가 나기도 했다. 그러다 만우리에 위치한 한 창고가 나왔다는 연락이 왔고, 가자마자 앞뒤로 탁 트인 뷰에 첫눈에 반해 버렸다.

지금까지 봐 왔던 창고들을 보면 이런 위치에 이런 뷰의 공방을 잡기는 쉽지 않겠다는 느낌이 왔다. 그래도 고민은 되었는데 유진은 마음에 쏙 든 모양이었다. 그날은 8월의 뜨거운 여름날이었는데 창고는 그리 덥지 않았다. 중개인은 맞바람이 쳐서 창고 안은 여름에도 시원하다고 말했다. 그 말에 나도 '그래, 좋다!' 했다. (그만큼 겨울은 추울 것이란 생각은 왜 못했을까…….) 그렇게 생각보다 빠르게 공방 계약을 했다.

김포 공방의 인수인계를 한 달간 잘 마무리하며 틈틈이 공방 오픈을 준비했다. 호기롭게 계약부터 했지만,

다른 사람의 공방에서 일만 해 봤지 막상 내 공방을 운영한다고 생각하니 뭐부터 해야 할지 막막했다. 텅 빈 높은 층고의 창고를 어떤 식으로 채워야 할지, 기계는 어떤 것을 사야 할지, 꼭 필요한 기계인지 아닌지 판단이 잘 서지 않았다. 이때 가구 짜맞춤 기법을 가르쳐 주셨던 선생님이 아주 많은 도움을 주셨다. 선생님이 일러 주신 대로 한쪽 면에는 한옥의 구조를 살려 두꺼운 각재로 기둥들을 세우고 바닥에는 나무 바닥재를 깔았다. 비싼 기계가 좋은 것은 알지만 여유가 있던 것이 아니기 때문에 최대한 본 기능에 충실한, 꼭 필요한 기계만 구입했다. 샌딩 등의 작업을 할 수 있는 작업대는 직접 만들었다.

사업 파트너 유진이와는 계속 브랜드에 대한 의견을 나누었다. 참 많은 이름이 있었는데 처음에는 시스카펜터스Siscarpenters, 플라이우드Flywood등 우리 또는 나무에 중점을 둔 것들이 많았다. 그러다 한 이름이 떠올랐다.

'카밍그라운드Calming Ground'.

지금은 너무도 다양한 종류의 반려동물 가구와 관련 물품들이 많지만, 당시만 해도 반려동물을 위한 가구들이 많지 않았고, 그마저도 모두 알록달록한 느낌이었다. 나무를 이용해 차분한 감성의 집에도 잘 어우러지면서 반려동물에게도 편한 가구를 만들고 싶었다. 그래서 반려동물이 보내는 신호인 '카밍시그널'과 그들을 위한 단단하고 안락한 공간이라는 의미의 '그라운드'가 합쳐진 '카밍그라운드'라는 이름을 떠올렸다.

그동안의 이름들이 '이게 낫나? 별로인가? 아, 이건 어때?' 하는 느낌이라면, 카밍그라운드는 '바로 이거다!' 하며 손뼉 치게 되는 이름이었다. 그렇게 2019년 10월 26일, 마침 우리 강아지 호수의 생일에, 우리 브랜드 카밍그라운드가 탄생했다.

개업식 합니다

공방 오픈을 준비하던 어느 날 지인이 "개업식은 언
제야?"라고 물었다. 아직 아무것도 없는데 개업식이라
니, 너무 요란을 떠는 것 아닌가 싶었다. 우스갯소리로
유진에게 "아니 친구가 개업식이 언제냐고 하더라?"
했는데 의외의 답이 돌아왔다.

"기계가 들어선 공방이 있고 이름까지 지었는데 그
시작은 알려야지?"

어랏? 좋아. 그렇게 갑자기 11월 10일로 개업식 날짜

를 정했다. 생각나는 지인들에게 온라인 초대장을 만들어 보냈다. 개업식 때 보여 주기 위해 오픈하기까지의 과정을 정리해 PPT로 만들었다. 개업식을 할 생각은 없었지만 막상 준비를 시작하고 주변 사람들을 초대하니 많은 사람들이 와서 응원해 주길 바랐다. 흔히들 결혼식 때 인간관계가 정리되더라는 말을 하는데 나에겐 공방 개업식이 결혼식 같은 의미였다. 내 인생에서 너무 큰 변화를 앞두고 있는 때에, 주변 사람들이 잘될 거라고 새로운 방식의 삶을 응원해 주는 시간이 아주 간절했기 때문이다.

그렇게 다가온 개업식 날은 아직도 어제 일처럼 생생하다. 삼십 년 지기 오랜 친구는 간식과 음료가 근사하게 차려진 손님들을 위한 한 상을 손수 준비해 주었다. 고등학교 동창들이 보내 준 커다란 쌀 화환까지 하나 들어오니 이거 정말 그럴듯했다. 옛 친구들 아니랄까 봐 화환 문구 센스에 한참을 깔깔거리며 이야기했다.

"인생 술이고 우린 수리고, 사장님 될 줄 알았으면 더 잘해 줄걸."

또 다른 오랜 친구는 급하게 들렀다며 주머니와 지갑에 있던 꼬질꼬질한 지폐를 탈탈 털어 쥐어 주고 갔다. 지폐에 온기가 그대로 전해졌다. 액수는 중요하지 않았다. 유진이의 지인들도 많이 와 주었는데 겨울이 추울 것 같다며 그 자리에서 좋은 난로를 결제해 주기도 하고, 이게 갑자기 무슨 일이냐며 놀리듯 응원하는 싯궂은 동생들 덕분에도 긴장이 풀렸다. 무엇보다 가장 큰 힘이 돼 준 가족들은 오신 손님들이 불편하진 않을까 우리와 같은 마음으로 그들을 맞이했다.

유진아, 우리가 잘못 살지는 않았나 보다. 이분들의 염려와 응원을 더해 정말 잘해 봐야지. 오래전, 심장이 콩닥거리던 신입사원의 마음으로 돌아간 기분이었다. 복작복작 훵하던 공방에 가득 찬 사람들을 보며 벅차오르던 그날의 여운은 짙게 남았다.

가구 만드는 법

　공방을 계약했지만, 어떤 가구를 만들지는 정하지 않았을 때였다. 창업 전 뭐라도 만들고 실패하며 경험해 봐야 제품을 제대로 준비할 수 있을 텐데, 그리고 어떤 가구를 만들지 정해야 어떤 기계를 살지 정할 텐데, 여러모로 마음이 급했다.

　비싼 장비들을 사용해 볼 수 있는 무료 프로그램인 '서울시 디지털대장간'은 경쟁률이 높아 오픈하자마자 마감이 되었고, 공간 이용료를 지불하고 열쇠를 복사해 목공 기계들을 함께 사용할 수 있는 공방인 '열쇠 공방'들도 알아보았지만 위험 요소가 많은 목공방을 마음 편히 내어 줄 주인은 드물었다. 간혹 있어도 너무 먼 곳이라 꾸준히 다니기에 쉽지 않았다.

우선 필요한 기계부터 장만하기로 했다. 목재의 수종과 조립 방법에 따라 사용하는 기계는 완전히 다르다. 수종이 딱딱한 하드우드로 가구를 만든다면 평을 맞추기 위해 나무를 깎는 수압대페리는 기계가 필요하지만, 부피가 워낙 큰지라 쓰지 않게 되면 괜히 자리만 차지할 확률이 높다. 짜맞춤으로만 가구를 만든다면 끌과 톱 등 수공구에 큰 비용을 들여야 하지만, 그렇지 않다면 드릴 등 기계 공구의 스펙을 더 살펴봐야 한다.

언니와 논의해 공통으로 쓰는 필수 기계들만 먼저 들이기로 했다. 추려 보니 트리머, 루터기, 테이블쏘, 밴드쏘, 집진기, 에어콤프레셔, 전동드릴, 샌딩기가 필요했다. '우드워커'라는 네이버 카페에서 목공방 창업과 기계들의 판매처에 대한 정보를 얻었고 구로 공구 상가와 을지로 상가를 열심히 돌아다녔다. 중고로 나온 매물들도 틈틈이 살펴보며 기계들을 주문했다.

주문한 기계들이 공방 한편을 하나씩 채워 나갈 때, 가슴이 울컥했다. 이제 우린 우리의 공방으로 출근할 수 있다. 만들고 싶은 가구를 마음껏 제작해 볼 수 있다.

그럼 가구를 만들어 보자. 음식을 완성할 때도 요리하는 시간보다 재료를 손질하고 자르는 준비 과정이 더 오래 걸리듯 가구도 마찬가지다. 조립하는 시간보다 조립 이전에 재단과 샌딩, 목재 마감 등의 과정이 시간을 많이 차지한다. 오래 걸리지만 이 과정을 소홀히 해선 안 된다. 준비 과정을 튼튼히 해 놓아야 좋은 가구가 나온다. 먼저 스케치업이라는 프로그램을 통해 디자인과 결합 방법, 세부적인 사이즈 등을 결정해 도면 작업을 한다. 필요한 목재별 파트*들을 계산하고 원장의 결을 고려해 가장 효율적인 방법으로 배치하는 작업이다. 그 후 주로 1220*2440mm 크기의 목재 원장을 테이블쏘와 밴

* 가구를 구성하는 조각

드쏘로 재단한다. 트리머로는 필요에 따라 날을 바꿔 가며 손잡이를 파거나 모서리를 둥글게 다듬고 샌딩과 마감 작업을 여러 차례 반복한다.

그다음 (드디어) 조립한다. 조립 이후에 다시 마감과 건조 과정을 거친 후 가장 결이 고운 사포로 손샌딩해 최종 마무리를 하면 하나의 가구가 완성된다.

이제 기계들도 있고, 가구를 만들 수 있는 우리만의 공간도 있다. 기계들아, 너희들로 미음껏 가구를 만들어 줄게! 앞으로 잘 지내 보자!

2장

⋮

오늘의 나무와 내일의 지구

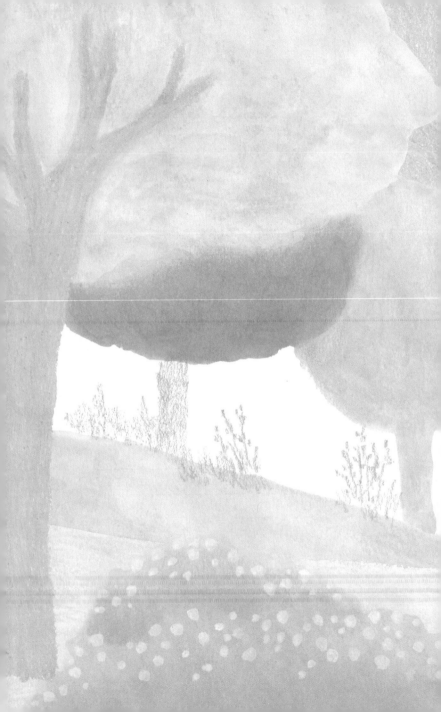

좋은 가구는 좋은 삶으로 데려다준다

우리 집 거실에는 내가 만든 기다란 자작나무 테이블이 있다. 자작나무 테이블은 집 분위기의 중심을 잡아주는 든든함뿐만 아니라 목재 가구가 주는 따뜻함도 가졌다. 자작나무는 특히 예쁜 결로 유명한 수종인데, 이 세상에 같은 결을 가진 자작나무는 하나도 없다. 어떤 무늬를 가지고 있느냐에 따라 풍겨 내는 느낌도 천차만별이다. 어느 속도로 얼마만큼의 햇빛을 받고 자랐는지에 따라 그 결이 달라지는 것이 사람의 인생과도 똑 닮

앉다. 손끝으로 테이블을 쓰다듬는 게 버릇이 될 만큼 애정하는 이 테이블이 집에 온 것은 4년 전이다.

자작나무 테이블이 오기 전에는 연한 베이지색의 얇은 격자무늬를 가진 소파가 있었고, 그 맞은편엔 티브이가 있었다. 종일 서서 일하다 집에 돌아오면 쓰러지듯 소파에 누워 리모컨을 만지작거리며 채널 위를 방황했다. 썩 마음이 당기는 채널은 없고 생각 없이 볼 만한 예능 채널에 시선을 고정한 채 팔걸이에 머리를 기대면

살 것 같았다. '이게 쉬는 거지' 되뇌며 텅 빈 눈으로 티브이를 응시했다.

아침부터 저녁까지 최선을 다했다는 보상 심리로 가득 찬 마음은 문 앞까지 가져다주는 배달 음식과 시원한 맥주 한 캔을 불러왔다. 소파에서 미끄러지듯 내려와 다시 소파를 등받이 삼아 먹었다. 건강검진 결과는 늘 비슷했다. 약간의 위염기와 역류성 식도염. 음, 현대인이라면 누구나 가지고 있는 것 아닌가. 당연하게 여겼다. 그래도 검진 결과를 받으면 한 사나흘은 허리를 펴고 앉으려 했지만, 어느새 소파는 어서 몸을 뉘라고 끄집어 당기는 것 같았다. 스스로 한심해하고 반성하고 다시 원위치이기를 반복. 이건 정말 아니다 싶을 때쯤 나를 위한 자작나무 테이블과 의자를 만들게 되었다.

큰마음을 먹고 한 몸 같던 소파와 티브이를 정리했다. 그리고 그 자리를 자작나무 테이블과 의자로 채웠나. 처음에는 섣히 정리했다는 생각도 들고 내가 사는 집인데도 어색해서 잘 앉지 못하고 서성댔다. 그러다 어느 순간 자연스레 의자에 앉게 되고 테이블 위에서 무언가 끄적거리게 되었다. 누워있던 시간은 앉아있는 시간으로 모두 바뀌었다. 식사 후에도 앉아서 책을 보거나 차를 마시며 일기를 썼다. 자연스러운 변화였다. 쓸데없는 인터넷 서핑을 할 때마다 이게 쉬는 거라며 되뇌었던 예전처럼 죄책감을 느낄 필요가 없게 되었다.

자작나무 테이블에서 때로는 지인들과 둘러앉아 옛날 에피소드를 늘어놓으며 낄낄거리기도, 멤버들과 술 한잔하며 고민을 이야기하기도 한다. 알 수 없는 우울한 감정에 털썩 엎드려 눈물 콧물을 짜기도 하고, 반려견 호수의 치'멍'적인 귀여움을 참지 못하고 꼭 끌어안기도 하는 곳. 이렇게 첫 책을 집필하기도 하며, 영혼을 위한 닭고기 수프 같은 엄마의 김치 수제비를 먹고 감기가 싹 낫는 곳. 그렇게 우리 집 거실의 테이블은 우리 삶의 모든 것을 담고 있다.

하우스메이트 유진과의 생활에도 변화가 생겼다. 목 늘어난 티셔츠처럼 축 처져서 나란히 티브이를 보던 공허한 눈은 마주 앉은 눈으로 바뀌었다. 그냥 지나쳤을 감정이나 생각들을 입 밖으로 내어 표현하고, 별로인가 싶어 머릿속으로만 구상하던 아이디어들도 일단 테이블 위 대화 소재로 꺼내 놓게 되었다. 명사로써의 테이블이 아닌 동사로써의 테이블이 되어, 테이블에서 '~하다'로 이야기할 수 있는 시간은 지금 우리에게 어떤 시간보다 소중하다. 그래서 나는 믿는다. 좋은 가구는 우리를 좋은 삶으로 데려다준다고.

느닷없이, 영감

넷플릭스에서 〈팝 역사상 가장 위대한 밤〉이라는 다큐멘터리를 보고 있을 때다. 라이오넬 리치를 보자마자 집에 있던 그의 앨범이 생각나 옷장 안쪽에 두었던 엘피들 사이에서 앨범을 꺼내 들었다. 그리고 오랜 시간 놓고 있던 엘피 플레이어를 찾았다. 핸드폰으로 손쉽게 음악을 듣는 요즘, 엘피에 손이 잘 닿지 않기도 했고 무엇보다 엘피 플레이어를 둘 수 있는 곳이 마땅치 않았다. 그렇게 서서히 잊힌 엘피 플레이어는 잡동사니를 넣어 두는 수납장 안에 쓸쓸히 놓여있었다. 아, 낭만을 잃고 살았나.

 그 모습을 보고 있던 언니는 불현듯 노트에 정신없이 무언가를 스케치하기 시작했다. 플레이어 딱 하나 올려 둘 수 있는 콤팩트한 크기의 수납장이었다. 위에서 첫 단엔 스피커, 그 아랫단엔 엘피를 넣을 수 있는 공간이 있는 작은 엘피 스탠드. 그러고선 그 가구를 설명하는 글들을 재빠르게 써 내려갔다. 손이 생각을 못 따라오는 것 같았다. 언니는 확신에 차서 미래에 만들어질 엘피 스탠드에 대해 적고 있었다. '좁은 공간에서도 엘피의 낭만을 놓치지 않으려는 사람들을 위한 가구. 바이닐vinyl이 많지 않아 커다란 엘피장은 부담스러운 사람들에게 꼭 맞는 사이즈……'

 엘피장 디자인을 보자 오래전 언니가 공유해 준 서랍 형태의 수납장이 떠올랐다.

"언니, 엘피 넣는 곳을 서랍 형태로 만들어 볼까. 언니가 예전에 보내 줬던 것처럼!"

"아, 그 파일 보관 서랍장처럼! 좋은 생각이야!"

아이디어가 떠오르면 일단 내가 일러스트 프로그램을 연다. 각 가구 파트를 어떤 사이즈와 모양으로 재단할지 대강 도면화 작업을 해 본다. 언니에게 크기를 물어보면 줄자를 들고 와서 적당한 사이즈를 말해 준다.

"높이는 700 정도. 우리가 갖고 있는 플레이어가 가로세로 400 정도 되니 약간 크게 430 어때?"

그러면서 언니는 우리가 얼마 전 다녀왔던 곳에 대해 말한다. 길을 걷다 〈더티 댄싱〉의 OST가 흐르길래 갑자기 들어간 곳이었는데 엘피를 틀어 주는 엘피바였다. 커다란 플레이어 위쪽 벽면에 앨범 커버를 꽂아 둘 수 있는 액자 같은 것이 있어 지금 어떤 엘피가 돌아가고 있는지 알 수 있었다. 언니는 그때를 떠올리며 앨범 커버가 보일 수 있도록 수납장 뒤에 거치하는 게 필요할 것 같다고 했다. 그 장면을 그리며 내가 말했다.

"음, 그럼 엘피들을 수납하는 서랍 앞부분은 투명하게 해 볼까. 유리는 배송할 때 파손 위험이 높으니 아크릴로 알아보자."

언니의 기분 좋은 답변!
"오! 굿 아이디어!"

평소에 가구 아이디어나 콘텐츠들을 서로 공유해 온 덕에 '예전에 언니가 보내 줬던 거!' '저번에 유진이가 보여 줬던 것처럼!' 하면 단번에 알아차린다. 물론 자신만의 드라이브에 저장해 두고 필요할 때 알려 줘도 되지만 시간과 장소를 불문하고 그때그때 공유하는 이유는 단 하나, 내가 까먹을까 봐.(언니나 나, 누구 하나는 기억해라.) 가구를 디자인할 때마다 어디서 뭘 봤는지 기억이 안 나서 아쉬웠던 순간이 많았기 때문에 지금처럼 좋은 것을 보면 바로 공유하는 우리만의 습관이 생겼다. 이렇게 알게 모르게 보인 사료들은 어느 날 느닷

없이 튀어나와 좋은 가구를 만들게 해 주는 중요한 원천이 된다. 판매할 수 있는 가구로 완성되기까지는 다시 여러 시행착오를 겪어야 하겠지만. 함께 고민하며 신제품을 만들어 가는 시간은 우리가 신나게 떠들 수 있는 우리만의 힐링 시간이다.

기술직이자 예술직

　장사의 사전적 의미는 '이익을 얻으려고 물건을 사서 팖. 또는 그런 일'이다. '장사한다'는 말에는 흔히 부정적 뉘앙스가 포함되고는 하는데 그건 '이익을 얻으려고'에 무게가 실리는 경우이다. 가구 공방 일 역시 자재를 사서 물건으로 만들어 팔아 이익을 얻는 일이다. 하지만 물건을 사서 파는 것이 아니라 '만들어' 판매하는 부분에서 차이가 있다. 장사로만 생각해서는 결코 이업을 오래 할 수 없는 이유이기도 하다.

가로 1220mm, 세로 2440mm 직사각형 모양의 목재에서 가구가 되기까지는 수십 번의 과정이 필요하지만, 디자인이 그 시작이다. 가구는 사람들의 신체 사이즈를 고려해서 만들어져 왔으며, 어느 정도 정해진 생활 양식 속에서 오랜 시간 함께해 온 물건이기 때문에 사실 아주 새로운 디자인이랄 것은 없다. 집에서 사용하는 테이블이 원뿔이라거나, 그릇들을 수납하는 장이 불가사리 모양이라거나 하기는 어렵기 때문이다. 실용성이 함께 있어야 하는 것이 가구 디자인이다. 쓸모 있는 디자인, 그렇지만 동시에 브랜드만의 특성이 묻어나는 디자인이어야 했다. 이 부분이 가장 어려웠다. 목공 기술을 배워서 만들면 된다고 생각했지만 단순 기술직이 아닌 관찰력과 감각이 필요한 업이었던 것이다.

우리 브랜드에도 우리만의 감각을 불어넣은 가구들이 꽤 있다. 아이디어나 영감을 어디서 얻냐는 질문을 자주 받는데 가구가 일상과 맞닿아 있다 보니 아이디어 역시 대부분은 일상생활 속에서 얻는다. '이삐의 구망은 서재를 갖는 것이라는 말은 자주 들었는데, 왜 엄마들은 화장대만 필요하고 서재가 필요하지 않을까? 분명 책을 좋아하고, 글 쓰는 시간을 즐기며, 집에서도 업무를 보는 엄마들도 많이 있을 텐데'라는 생각에서 만들어진 가구는 '엄마의 서재'다. 가로 약 60cm, 세로 40cm의 나무 서랍을 가진 이 책상은 자리 차지를 많이 하지 않는 사이즈이다. 방 하나를 통째로 차지할 수는 없는 현실을 고려한 디자인과 그럼에도 엄마만의 공간을 만들어 주자는 의미가 통해 많은 엄마들의 호응을 받았다.

'굿모닝 베드'는 대부분의 침대가 '자는 시간'에 집중한 것과 달리 잠드는 저녁보다 자고 일어나 하루를 시작하는 아침의 '깨는 시간'에 초점을 두었다. 하루의 처음을 기분 좋은 나무 감촉으로 시작하기 위한 나무 팔판과 아침에 일어나 물을 한 잔 마시거나 휴대폰을 확인하는 데 불편함이 없도록 침대 옆에 트레이를 둔 디자인을 했다.

그 밖에도 주방에서 자주 쓰는 물건이나 라면, 통조림 등을 쉽게 정리해 두고 필요에 따라 이동하며 쓸 수 있는 '무빙 팬트리'라든지, 흔들의자라고 하면 뒤로 확 넘어갈까 살짝 긴장하며 앉는 사람들을 보고 절대 넘어가지 않는 각도와 다리 길이를 연구해 뜨개질을 하거나 아이를 안고도 편안하게 쉴 수 있는 '진짜 휴식'도 모두 우리의 일상을 유심히 관찰하고 얻은 아이디어에서 나온 가구들이다.

이렇게 만들어진 가구들의 섬세한 이유를 고객들이 느끼고 알아차려 줄 때 가장 뿌듯하다. 엄청난 장인의 기술이나 디자이너의 예술성이 들어간 것은 아니지만, 나의 일을 사랑하는 애정을 바탕으로 삶을 바라보며 나온 가구들. 그리고 그 가구를 쓰며 그것을 느끼고 다시 알려 주시는 분들. 좋아하는 마음은 이렇게 전염되는 것임을 매일 배운다.

엄마의 서재

어릴 적에 살던 집은 방 2개와 주방 겸 거실이 작게
있던 구조였다. 큰방은 아빠, 작은방은 엄마와 나의 공
간이었다. 내가 자라며 작은방은 나의 가구와 물건들로
채워졌고 엄마의 짐들은 점점 줄어 갔다. 그러다 엄마
가 마음이 힘들 때마다 위안 삼던 피아노마저 떠나보내
게 되었다.

나만의 공간이 없어서 서운했던 사춘기 시절이 훌쩍
지나서야 엄마만의 공간 역시 어디에도 없다는걸 깨닫

유진

앉다. 역사와 미술을 공부하는 것을 즐기고 독서를 좋아하는 엄마는 벽에 등을 기대앉아 책을 읽으셨다. 엄마의 서재가 있으면 좋겠다고 생각했다. 하나의 방까지는 어렵더라도 엄마만의 공간이 있으면 좋을 텐데⋯⋯.

엄마의 서재는 그렇게 만들어졌다. 아이를 키우며 자신만의 방을 잃은 엄마들을 위한, 자리 차지를 많이 하지 않는 책상. 콤팩트한 사이즈로 디자인했고, 책과 노트, 소품들을 정리해 둘 수 있는 서랍을 추가해서 언제든지 이곳에서 편히 읽고 쓸 수 있도록 했다. 책상으로써의 가구로 분류하기보다 의미가 더 확장된, 하나의 '공간'이 되길 바랐다. 그래서 이름을 '엄마의 서재'로 짓게 되었고 주문 주신 분들께 이 말씀을 드렸다. 혹시 아이가 있으시다면 이 공간만큼은 꼭 지키시라고. 이곳은 엄마만의 공간이라는 것을 아이에게 꼭 말해 달라고 말이다.

'엄마의 서재'와 다양한 데스크테리어 가구들을 주문

하신 분이 계셨다. 바지런히 만들어 직접 배송하러 갔다. 어디에 두면 될지 여쭤보니 안내해 주신 곳이 벽면 안쪽 한 평 남짓한 공간이었다. 방이라고는 명명할 수 없는 이불장 (혹은 창고 또는 팬트리) 같아 보였다. 하지만 곧 그곳에 가구를 하나둘 채워 두고 보니 이곳이 그분만의 '방'이라는 생각이 들었다. 거실엔 아이 장난감들이 널려 있고 부엌은 잡동사니들을 미처 치울 새 없던 집 한쪽에 조그마하게 마련한 '나'를 위한 공간을 우리 가구로 채워 주셨구나. 내 또래로 보이는, 아이들의 엄마로 살아가는 그분께 말로는 표현하지 못했지만 이곳이 위안의 공간이길, 우리가 만든 가구에서 조금이나마 자신만의 시간을 보내시길 바라며 마음속 깊이 응원했다.

왠지 모를 찡한 마음으로 배송하고 돌아가는 길에 그분으로부터 문자가 왔다. 우리가 나가고 차분히 엄마의 서재에 앉아 책상을 어루만져 보았고 눈물을 흘리셨다고. 정성스레 만든 가구라는 게 느껴신다고, 그리고 책상의 이름도 참 좋다고 감사함을 전하시며 커피와 디저트 쿠폰을 보내 주셨다. 많은 이야기를 하지 않으셨지만 우린 느꼈다. 이런 공간이 정말 절실히 필요하셨다는 것을. 우리가 마음을 다해 가구를 만들면 쓰시는 분들은 그 점을 느낀다는 것을.

나만의 명품백

멋스러운 검은색에 포인트로 적절히 들어간 빨강. 핸픽스HANFIX라는 잘 알려지지 않은 브랜드지만 자수로 수놓아져 있어 왠지 고급스러워 보임. 10개가 넘는 주머니, 카라비너를 걸 수 있는 고리, 펜부터 끌, 고무망치를 꽂을 수 있는 내부까지 어마어마한 수납 공간을 자랑한다. 그뿐인가. 견고한 알루미늄으로 된 손잡이와 넓은 어깨끈도 겸비했다. 어딜 가든 매일 함께하는 나의 데일리 백, 누군가에겐 그냥 공구 가방이지만 나에겐 명품백으로 불리는 가방이다.

　외부 미팅을 갈 때면 "와! 가방이 정말 특이하네요"
라는 말을 종종 듣곤 한다. 그런 말을 들으면 괜히 뿌듯
한 마음이다. 뛰어나거나 이름난 물건 또는 그런 작품.
흔히 알고 있는 명품은 '이름난'에 더 초점이 맞춰져 있
지만, 나의 명품은 '뛰어남'에 더 초점이 맞춰져 있다.
내 라이프스타일에 꼭 맞춘 것 같은 이 명품백은 텀블
러, 도시락, 아이패드, 줄자, 물티슈, 핸드크림 같이 매
일 가지고 다니는 물건들은 물론 공방에서 항상 점심을
먹는 멤버들을 위한 15구짜리 계란도 안전하게 담을 수
있는 넉넉한 크기이다. 한마디로 장바구니로도 만점!
배송 가거나 출장을 갈 때는 각종 연장과 도구들을 한
눈에 볼 수 있도록 질서정연하게 담는데, 그 모습이 나
름 터프하다.

　"3미터 줄자 어디에 있어?"
　"아 명품백에 있어."

해도 모두 알아들으니 자타공인 명품백이다.

지금까지 내가 사 본 명품은 20대 초반에 과외비를 모아 장만했던 루이비통 반지갑이 유일하다. 그 당시에 꽤 큰 돈이었는데도, 지갑이나 가방 하나씩은 명품이 있어야 한다는 분위기에 휩싸여 주저 없이 샀던 기억이 난다. 몇 달을 애지중지 들고 다녔을까. 친구들과 거나하게 술을 마시고 늦게 귀가하던 날, 택시에 놓고 내렸다. 지금이라면 잃어버린 카드와 신분증 재발급에 짜증이 밀려왔을 텐데 그땐 지갑만이라도 찾을 수 없는지 애가 탔다. 결국 그렇게 나의 첫 명품 지갑을 떠나보냈다. 그 이후로 지금까지 내가 소유한 명품 브랜드 물건은 단 한 가지도 없다. 막상 소유해 보니 별것 없었다고 생각하기도 했지만, 더 정확히는 다른 것들보다 명품에 소비할 여윳돈이 없었기 때문이다. 여윳돈이 있다면 호수가 좋아하는 자연으로 캠핑을 가거나, 열심히 일하느라 밑창이 다 떨어진 막둥이에게 좋은 신발을 선물하는 소비가 더 큰 기쁨이 되었다.

이렇게 이제는 명품이 필요없다고 공언했지만, 혹시 모른다. 에르메스나 샤넬에서 더 좋은 공구 가방이 나온다면…… 새로운 명품백을 사 볼지도?

우리들의 쇼핑 성지

용산 아이파크몰에 볼일이 있어 오랜만에 방문했다. 곳곳에 예쁘게 디스플레이 되어 계절감을 뽐내는 화려한 옷과 가방이 눈길을 사로잡으려 애쓰고 있다. 하지만 우리는 시큰둥한 표정으로 지나친다. 이런 곳에서 옷 쇼핑을 한 지는 꽤 됐다. 공방에서는 늘 무엇이든 묻어도 괜찮은 작업복을 입기에 회사 다닐 때처럼 옷과 신발이 많이 필요하지 않기 때문이다. 지나가면서 보이는 유명한 빵집과 팝업스토어들에는 온 세상 사람들 여기 다 모였구나 싶게 긴 줄이 늘어섰다. 기가 쭉쭉 빨려 바닥에서 발이 뜬 유령들처럼 두리둥실 떠다닌다. 이 브랜드는 요즘 이런 콘셉트구나, 저 매장은 새로 생겼구나, 요즘 사람들은 이런 걸 더 좋아하나 보다 정도만 스치듯 파악하며 볼일만 보고 서둘러 도망쳐 나온다. 그러고 나서 한숨 돌린 우리가 가벼운 발걸음으로 향하는 곳이 있다.

아이파크몰에서 빠져나와 전자상가를 지나 소금 더 걸으면 블루워커들의 성지, 철물점 계의 대형 쇼핑몰, 에이스하드웨어가 나온다. 여기에 가면 우리는 자동문이 열리는 순간부터 눈이 휘둥그레지고 고개가 이리저리 돌아간다. 그렇게 기가 쭉 빨렸던 아이파크몰에서와는 사뭇 다른 텐션이 된다. 입구 쪽에 자리한 이벤트 코너로 미끄러지듯 다가간다. 유명 공구 브랜드인 마끼다의 할인 이벤트를 하고 있다!

"언니, 우리 이 드릴 필요 없나?" "유진아, 우리 무선 트리머 있으면 편하지 않을까?" 하며 공방에서 이직 멀

쩡히 작동하는 공구들도 마음대로 흠을 잡아 새 공구를 사려는 궁리를 하느라 바쁘다. 이벤트 구간을 겨우 지났는데 또다시 눈이 돌아간다.

"유진아, 이 클램프♠ 봐. 엄청 예뻐. 우와!" "언니, 이 대패 봐. 너무 귀여워! 우와!" 각종 감탄사가 난무한다. 사람들이 이 맛에 쇼핑한다는 것을 우리는 이곳에서 느낀다.

원래는 이중기리비트♠♠만 사러 왔는데 어느새 각자 카트 하나씩을 쥐고 끌고 다니고 있다. 이곳저곳 돌아다니며 구경하다 보니 살 것들이 왜 이리 많은지……. 온 김에 사야지 싶어 에어건♠♠♠과 가구 경첩들, 고무망치, 커터

♠
가구들을 서로 맞물려 조일 때 필요한 공구

♠♠
이중드릴비트라고도 한다. 가구를 조립할 때 피스 나사를 박기 전 목재가 쪼개지는 것을 방지하기 위해 미리 나사 길을 내는 도구. 이쑤시개만 한 크기이며 개당 몇백 원인데 인터넷으로 사려면 배송비가 붙어 배보다 배꼽이 더 크기 때문에 오프라인에서 사는 것이 좋다.

♠♠♠
에어콤프레셔와 연결하여 먼지를 강하게 날릴 때 쓰는 총 모양의 노구

칼, 트리머 날, 마스킹 테이프♠, 퍼티♠♠ 등을 이것저것 담는다. 어느새 카트 하나가 가득 찼다.

　계산대에 가는 길도 망설임이 없다. 왜냐하면 다 필요한 것들이니까! '자주 오지 못하는 곳이니 한번 올 때 플렉스해야지!' 하는 마음이 죄책감을 줄여 준다. 영수증이 한없이 뽑혀 나올 때는 잠깐 움찔했지만……. 신제품을 위한 투자이고 시간을 아끼기 위한 업그레이드 아이템이었다고 되뇌인다. 그리고 이번 쇼핑의 하이라이트, 4년 정도 사용한 명품백이 손잡이가 다 헐어 떨어졌던 참이라며 구매한 뉴 명품백까지. 든든하다. 새로운 명품백에 새로운 공구들을 담아 철물점을 나서니 이거 이거 춤이 덩실덩실 나온다. 언니는 한참을 새 명품백을 이렇게 저렇게 들어 가며 '너무 가벼워! 너무 유용해! 사이즈가 딱 맞아!' 하며 연

♠
목봉과 목재를 자를 때 목재 표면이 뜯어지는 것을 방지하기 위해 붙이는 종이 테이프

♠♠
목재를 메꾸는 용도로 쓰는 접착제

신 싱글벙글이다. 쉽게 이해하기 어려운 우리만의 쇼핑 성지 방문은 이렇게 마친다. 집으로 돌아가는 길 콧노래가 절로 나온다.

'내일 막둥이한테 자랑해야지! 새 고무망치를 선물로 주면 너무 좋아하겠지?'

공방의 사계절

콸콸 등유를 붓고 '탁 타르르르 탁!' 경쾌한 소리
와 함께 난로가 켜진다. 등유 난로는 가장자리보다 바
로 윗부분 열이 가장 뜨거워 난로 위에 캠핑용 주전자
를 올려 두면 금세 보리차가 끓는다. 하얗게 뿜어 나오
는 연기 주변에 모여 언 손을 녹이기도 하고 믹스 커피
를 한 잔씩 마시며 이야기를 나눈다. 밖에는 눈이 내리
고, 끝없이 쌓이는 눈을 치우고 나면 볼 빨간 숨찬 어른
이들이 된다. 눈을 맞은 폐목재들은 몇 배로 무거워지

'탁 타르르르 탁!'

는데 트럭 한가득 목재를 옮겨 싣고 나면 정말이지 배가 너무 고프다. 이런 날은 꼭 라면을 먹는다. 맵찔이들이지만 맵부심이 있어 보통 매운맛 라면을 먹는데 각자 그릇에 던 뒤 밖에 나가 후후 불며 먹는 그 맛은 정말 최고다. 이런 순간들이 있어 함께 웃으며 겨울을 지날 수 있다. 여기까지는 어찌 보면 영화나 드라마에서 보던 흔한 공방의 로망 같은 장면이다.

조금 더 현실적인 이야기를 해 볼까? 파주 공방의 겨울은 아주 혹독하다. 한파가 오면 체감 영하 20도를 찍는 날이 자주 있는데 공방은 보통 스티로폼 양면에 슬레이트를 붙여 둔 저가의 재질로 지어지다 보니 단열에 매우 취약한 편이다. 보온재, 담요, 뽁뽁이, 미니 난로까지 할 수 있는 모든 방법을 동원해도 수도관은 결국 꽝꽝 언다. 변기의 물도 모두 퍼내고 담요로 감싸 둔다. 변기의 물이 얼어 변기통이 산산이 깨진 경험을 한 덕이다. 생수도 모두 얼고 점심에 요리를 위해 가져다 둔 식용유도 꽝꽝 언다. 이제 다섯 번의 겨울을 지나고 나니 포기할 부분은 포기하고 나름의 요령도 생겼다. 설거지는 모두 싸서 집에 가져가 하고 물은 매일 필요한 만큼만 차에 실어 다닌다. 화장실은 상황을 이해해 주시는 이웃집을 이용한다. 물론 눈치가 안 보일 수는 없어 아주 급한 상황이 아니면 참는다.

히트텍은 상의 하의 모두 두 겹씩, 양말은 세 겹을 신고 방한화를 신는다. 이렇게 해도 공방에서 1시간이 지나면 발에 감각은 없어진다. 내 생애 이 정도의 추위를 온몸으로 견뎌 내야 했던 적은 없었다. 집에서는 난방을 켜면 되고 회사에서는 머리가 아프도록 히터를 틀어 주었으니…… 온실 속 화초가 야생에 그대로 던져진 기분이었다.

겨울은 가구를 제작하기에도 가장 힘든 계절이다. 목재는 건조함을 견디다 갈라지거나 깨지는 경우가 많다. 마감재 역시 일정 온도 이하로 내려가면 모두 얼기 때문에, 담요에 꽁꽁 싸두고 수시로 꺼내 작업해야 해 번거롭다. 시정 놓았던 집은 끼게도 얼리는 것이디. 열대

급 한파가 온 어느 겨울에는 콤프레셔 같은 대형 기기들도 모두 얼어 작동을 멈추었다. 아니 어떻게 이렇게 큰 쇳덩이들이 춥다고 작동을 안 할 수가 있는가, 했는데 자동차도 추위에 얼면 시동이 안 걸리는 것을 생각하니 내가 너무 기계들을 몰아세운 거 아닌가 싶었다.

이쯤에서 히터를 틀면 안 되냐고 물을 수 있겠다. 안타깝게도 히터 사용은 어렵다. 워낙 층고가 높아 어지간한 큰 히터가 아니면 효과도 없을뿐더러 톱밥과 분진들이 여기저기 날아다니고 쌓이기 때문에 얼마 못 가 금방 고장이 난다. 우리의 양말과 팬티 속에서도 분진이 나올 정도니 그 양이 짐작될까?

여름은 어떨까? 같은 이유로 에어컨이 없다. 땀으로만 5kg씩 감량이 가능한 날들이다. 얼음을 입안에 물고 일하기도 하고 가장 시원한 창고 바닥에 대자로 누워 쉬기도 한다. 여자 목수들만 있기에 가능한 것이 있다면 바로 등목이다. 땀에 분진이 붙어 떨어지지 않기 때문에 속옷만 입은 채로 차디찬 지하수 물을 서로 냅다 들이부어 주며 너무 차갑다고 소리 지르고 깔깔 웃는 모습도 여름날 기억나는 공방의 장면이다. 오후 서너 시쯤에는 쭈쭈바 하나씩 입에 물고 라디오에서 흘러나오는 사연에 맞장구를 치고, 더위를 피해 트럭 밑에 널브러져 있는 냥이들을 위해 공방 앞 아스팔트에 시원한 물을 뿌려 열기를 좀 식혀 준다. 여름은 스테인 마감재가 가장 속 썩이는 계절이기도 한데, 목재가 스테인을 흡수하다 못해 잡아먹는 수준으로 빠르게 말라 버린다. 실수를 용납하지 않는 냉혈한 스테인 같으니라고! 아주 매섭고 빠른 손놀림으로 작업하는 멤버들의 표정은 비장하기까지 해서 귀엽다.

봄, 가을의 공방은 그저 사랑이다. 어떠한 힘든 상황도 모두 날씨로 이겨 낸다. 50장의 목재를 옮겨야 하는 고된 일에도 그래도 날씨가 이러니 확실히 힘이 덜 든다는 둥, 배송 중 처참하게 내던져진 박스로 열심히 만든 가구에 흠집이 나 돌아와도 그래도 날씨가 이러니 다시 만들 맛이 난다는 식이다.

온몸으로 사계절을 맞으며 알게 되었다. 따사로운 햇볕과 살랑이는 바람의 소중함을, 그리고 자연 앞에 존재하는 인간의 한없이 작은 초라함을. 조금만 더워도 에어컨을 켜고, 조금만 추워도 난방기를 켜던 습관도 고쳤다.

밖에서 계절을 몸으로 맞으며 일하시는 분들께도 따뜻한 말 한마디, 시원한 음료 한 잔 내어 드릴 수 있는 마음도 생겼다. 우리의 여름, 우리의 겨울, 우리의 계절을 위해 분리수거를 잘히고 텀블러를 사용하는 정도는 꼭 하자는 다짐도 챙겨 본다.

물난리 수습 대작전

파주의 추위는 남다르다. 그래서 파베리아라고 불리기도 한다. 추운 서울보다도 항상 기온이 낮다. 더군다나 파주시 내에서도 온도 차가 큰데, 집이 있는 운정과 공방이 있는 탄현의 온도 차가 3도 정도 난다. 출근하러 집에서 나올 때 코끝이 얼얼할 정도면 공방에 도착해선 머리가 쭈뼛 선다. 공방은 층고가 높고 넓기도 넓어서 하루 종일 야외에 있는 것이나 다름없는 기분이다. 건불이 매일 식으니 밖보다 안이 너 추워서 잠깐씩 밖에 나갔다 들어올 정도다. 그래서 공방에서의 겨울은 매해 고통이다.

공방의 첫 겨울은 무지에 몸이 혹독하게 고생한 시기였다. 아무 대비도 하지 못해서 그야말로 추위에 아팠다. 너무 두껍거나 긴 옷을 입으면 작업할 때 오히려 위험해져서 많이 껴입지도 못했다. 기온이 5도 떨어질 때마다 전기난로 한 대씩을 구입했다. 공기가 데워지는 않고 전기난로 앞 30cm만 따뜻했기에, 난로의 개수를 늘려도 추위는 가시지 않았다. 샌딩하는 곳 1대, 마감하는 곳 1대, 사무실 1대, 화장실 1대, 총 4대를 동시에 틀자 전기가 완전히 나가 버렸다.

그다음 해엔 온수기를 장만했다. 따로 기사를 부를 것 없으니 직접 설치해 주겠다는 임대인의 말에 반신반의하며 맡겼다. 다행히 뜨거운 물이 잘 나와 설거지할 때 얼마나 행복했는지 모른다. 작업할 때는 추워도 따뜻한 물로 손을 녹이면 추위를 조금이나마 잊은 느낌이었다. 아이, 진작에 설치할걸 그랬다. 며칠 후 기온이

영하 20도를 내리찍고 차츰 오르던 어느 날, 출근하려고 공방 앞에 차를 딱 댔는데 뭔가 불안했다. 뭐지, 공방 안에서부터 흘러나오는 저 물줄기…….

불안한 마음으로 문을 열었는데 발끝에 무언가가 찰랑거린다. 우리 가구…… 우리 목재…… 우리 기계들…… 모두 늪처럼 물에 빠져 가고 있었다. 어디선가 콸콸콸 하며 물이 꾸역꾸역 터져 나오는 소리가 들렸다. 온수기에 연결된 수도가 터져 물줄기가 가차 없이 뿜어져 나오고 있던 거였다. 어떻게든 물이 나오는 길을 막아야 했다. 그래 수도관, 수도관을 잠가야 한다. 빌라나 아파트의 수도 밸브는 세대별로 현관문 옆쪽에 있지만 공장에서는 보통 땅속에 묻혀있다. 메인 수도관의 위치를 알아 둔 덕에 바로 내려가 밸브를 잠갔다.

물은 다행히 더 나오지 않았지만 이미 잠겨 버린 목재들이 문제였다. 목재의 가장 큰 적은 물이니…… 공교롭게도 얼마 전 30장의 목재를 대량으로 구입해 왔는데 대부분 젖어 버려 쓰지 못하게 되었다. 조립해 둔 가구들도 물기를 상당히 머금은 채로 구소를 기다리고 있었다. 우선 목재와 가구들을 작업대 위로 모두 올리고 난로를 가까이에 켜 두었다. 쓰지 못할 확률이 높지만 그래도 젖지 않은 윗부분이라도 조금은 살릴 수 있지 않을까 하는 마음이었다.

언니와 나, 막둥이는 바닥에 차 있는 물을 빗자루와 쓰레받기로 열심히 밀어 내보냈다. 처음엔 심란하고 짜증 나고 화도 나고 복잡한 마음으로 수습하기 시작했는데, 하다 보니 이것도 요령이 생기고 정리하는 속도가 빨라진다. 추운 겨울에 문을 열고 있으니, 물들에 살얼음이 생겨 꼭 슬러시처럼 변해 갔다. 재밌는 모양새다. 거대한 얼음판 위에 아이스크림을 만드는 꼴과 비슷했다.

"은혜야, 콜드스톤 알아?"

"그게 뭐예요?"

"예전에 왜 철판볶음밥 같은 거 만드는 철판을 엄청 차갑게 해서, 거기에다 아이스크림을 덮어서 섞고 비벼서 와플 콘에 넣어 주는 거 있었어."

"어! 기억날 것 같아요."

"그거 같아. 지금 우리 물 퍼내는 거 말이야."

"언니 이상하게 재밌어하는 거 같네요."

"재밌진 않은데 재밌네. 뭔 말인지 알지."

　시시콜콜한 대화를 하면서 밀다 보니 우리의 물난리 수습 대작전은 어느 정도 마무리가 되었다. 기계들을 살펴보니 다행히 작동되었고, 가구들은 결국 쓰지 못하게 되었다. 젖은 목재들은 사용할 수 있는 부분만 우선 재단해서 쓰기로 했다. 쓸만한 목재들을 찾고 있을 때 막둥이가 불현듯 말했다.

"언니들은 참 신기해요."

"왜?"

"저는 출근해서 물난리를 보자마자 마음이 너무 힘들었거든요. 왜 또 이런 일이 났을까. 하필 왜 지금일까. 언제 다 지우나. 손해가 심하면 어떡하시. 이런 석

정들만 계속했는데 언니들은 뭐랄까. 과장해서 말하면 오히려 즐기는 것처럼도 보이고."

그 말을 듣고 언니와 내가 거의 동시에 말했다.

"이미 일어난 일인데 뭐."

이 말을 하면서도 우리의 태연함에 놀랐다. 이렇게까지 걱정이 없나 싶었고 한편으로는 이런 성격이라 다행이다 싶었다. 더한 사고도 겪었는데 뭐. 1월에 일어난 모든 일은 액땜으로 여기듯, 이제 공방에서 일어날 수 있는 나쁜 것들이 다 날아 갔다. 액땜 잘했으니 좋은 일들만 남았다.

아날로그 장면들

라디오

    기계 소리가 클 때는 귀 기울여 잘 듣지 못한다. 하지만 기계 작업을 하지 않을 때 흘러나오는 노래를 듣고 다 같이 흥얼거리거나 10대 후반과 20대에 즐겨 듣던 익숙한 노래가 나오면 몸을 흔들어 재끼며 춤을 추기도 한다. DJ가 읽어 주는 사연에 몰입해 그보다 더 성을 내기도 하고 "아이고 어쩌나" 하며 속상해하기도 한다.

공방에 늘 틀어 놓는 라디오 이야기이다. 모두 매일 같은 라디오를 듣다 보니 알고 있는 노래나 정보들이 비슷하다. 라디오 시엠송 퀴즈대회를 한다면 단연코 자신 있다. "국민 연료 썬 연료~" "사랑의 대구 사이버 대학~" "이카운트 이알피 사만 원 생산관리!" 다 같이 합창하듯 시엠송들을 부르며 말도 안 되는 화음을 넣고 배를 잡고 웃는다.

라디오는 하루 종일 우리 일상과 함께한다. 아침 9시는 MBC '오늘 아침 정지영입니다'로 시작한다. 11시에 CBS로 넘어가 '최강희의 영화음악'을 듣고 '이수영의 12시에 만납시다', '한동준의 FM POPS'까지 듣고 나면 손목 힘이 딱 풀리는 오후 4시다. 잠시 아이스티나 따뜻한 차를 한 잔 마시고 다시 작업에 들어간다. 라디오를 들으면 굳이 시계를 보지 않아도 시간을 알 수 있다. 사람 사는 이야기, 요즘 노래, 옛날 노래, 외국 노래 할 것 없이 다양하게 들려 주니 우리에겐 유튜브나 넷플릭스보다 재미있는 최고의 콘텐츠다.

손 세차

배송을 가기 전에는 반드시 트럭 세차를 한다. 트럭은 짐을 운반하는 차이다 보니 험하게 다루어지기 쉽다. 도로나 길가에서도 열심히 일하느라 미처 돌봄받지 못한 트럭들을 많이 봤을 것이다.

하지만 열심히 세차를 하는 이유가 있다. 첫째로, 우리의 트럭이 지저분하게 보이는 것이 싫었고 둘째로, 지저분한 트럭에 실린 내가 만든 가구가 그렇게 보이는 게 싫었다. 깨끗한 차는 배송을 가는 고객에 대한 최소한의 예의라고 생각한다. 택시 기사님이 택시 안을 항상 깨끗이 청소하는 것처럼.

요즘은 기계 세차장이 워낙 잘 되어 있지만, 트럭을 세차할 수 있는 곳이 흔하지 않고 또 직접 세차하는 맛이 있어 항상 손 세차를 한다. 세차를 할 때엔 되도록이면 세제를 쓰지 않으려 노력한다. '무세제 손 세차'의 꿀팁은 양손에 니트릴 장갑을 끼는 것이다. 고압 호스로 물을 뿌리면서 장갑을 낀 손으로 약간 힘주어 문지르면 생각보다 때도 잘 벗겨지고 깨끗하게 세차할 수 있다.

특히 볕 좋은 날은 호스에서 나오는 물줄기가 공기 중에 흩뿌려져 작은 무지개를 만드는데 그 조그마한 무지개가 얼마나 예쁜지 모른다. 열심히 세차한 뒤에 하얗게 반짝이는 차를 보면 내가 개운하게 목욕한 것처럼 기분이 상쾌해진다. 세차 기계에 쏙 들어갔다 나왔을 때는 결코 느낄 수 없는 손 세차의 매력이다.

점심시간

공방이 있는 곳은 파주시 탄현면 만우리다. 앞뒤로 펼쳐진 논뷰가 멋진 우리의 공방. 하지만 반대로 생각해 보면 도보 거리에 편의 시설이나 음식점이 없다는 뜻이기도 하다. 반려견 호수도 우리와 늘 함께하기에 매일 점심은 공방에서 해결한다. 처음에는 햇반을 돌리고 간단히 김에 싸서 먹거나 참치캔을 먹는 정도로 때웠다.

그러다 막둥이도 함께하게 되고 슬슬 비슷한 반찬이 질려 가며 '아니, 다 먹고 살자고 하는 일인데!' 싶어 가

단한 요리를 하기 시작했다. 김치씨개, 순두부찌개, 부대찌개 등 각종 찌개와 미역국, 계란국, 된장국은 물론 쌀쌀한 날은 파송송 계란탁 라면을 끓이기도 하고, 지글지글 전을 부쳐 먹기도 한다. 밥도 햇반에서 밥솥으로 한 현미밥으로 바뀌었다. 공방에는 가스가 들어오지 않아 휴대용 버너를 사용하다 보니 매일 점심이 캠핑하는 기분이다. 날씨가 좋은 날은 주차장에 캠핑용 테이블과 의자를 펼쳐서 먹기도 하고 (옆으로 덤프트럭이 여러 차례 지나가지만 상관없다.) 추운 날은 난로 주위에 옹기종기 모여 앉아 손을 녹여 가며 먹기도 한다. 식당에서 사 먹고 오는 느낌과는 다른 만족감이 있다. (물론 가끔 외식을 하면 더 좋아한다.) 오전 작업 후에 김이 모락모락 나는 따뜻한 밥을 함께 먹는 점심시간. 주문한 음식이 시간 맞춰 문 앞에 배달 오는 편리한 세상이지만 '리'에 사는 우리들만의 즐거운 점심시간이다.

우리만 아는 농담

1. "가구 괜찮아?"

작업 중 누군가가 가구를 떨어뜨리거나 큰 소리가 날 때 (사람이 괜찮은 걸 확인한 후) "가구 괜찮아?" 하며 가구를 먼저 걱정하는 척하는 장난. 실제로 가구가 정말 걱정이기도 하다…….

2. "에잇, 블루칼라들은 뭘 몰라!"

주요하게 하는 업무가 다르다 보니 나와 막둥이가 간혹 컴퓨터로 업무하다가 모르는 부분이 있을 때면 (유진도 잘 모르면서) 우리를 장난스레 다그친다.

"블루칼라 아니랄까 봐!"

반대로 유진이 가구 조립을 하다가 잘못하는 부분이 있으면 나는 말한다.

"화이트칼라는 사무실로 들어갔!"

3. "응, 다음 주 데뷔하잖아."

몸을 주로 사용하는 작업을 하다 보면 배는 금세 고파진다. 하지만 너무 배부르게 먹으면 오히려 몸이 굼뜨게 된다. 점심은 보통 식사량보다 살짝 적게 먹는데 그럴 때마다 적게 먹는 서로에게 묻는다.

"그래서 데뷔 언제 한다고?"

조금 많~이 늦은 감은 있지만 뭐 못할 거 있나?

어떤 다정한 순환

"늘 베고 자는 베개의 면, 늘 마시는 컵의 디자인, 매일매일 지내는 내 집 정리 정돈, 여기서부터 자존감이 커진다. 정돈하고 채워 나가다 보면 나중에는 나에 대한 자존감이 쌓여 내 이름을 걸고 하는 일을 퀄리티 있게 하게 된다."

한 방송에서 자존감을 지키는 방법이 무엇이냐는 질문에 홍진경 님이 대답한 내용이다 아침에 일이니 물

유진

을 끓일 때 손끝에 닿는 티포트의 질감에 미소가 머금어지고 차의 따뜻한 온기와 은은한 향에 간밤에 굳어있던 몸이 풀린다. 차분히 내린 차를 들고 의자에 앉으면 나도 모르게 손길이 닿는 테이블 모서리는 호수를 쓰다듬고 싶은 마음처럼 계속 매만지고 싶은 느낌이다. 콕 집어 말하기 어려운 이러한 기분 좋음이 하나둘 쌓이며 나의 하루가 시작되면 홍진경 님의 말처럼 나한테 맡겨지는 일을 잘하고 싶어진다.

내가 좋아하는 것들을 나만의 공간에서 충분히 느끼는 일. 이런 경험들이 오래도록 모이면 마음이 단단해진다. 자존감을 높이고 싶은 마음과 내 공간을 가꾸는 일은 이렇듯 깊은 관계가 있다. 어느 한쪽이 시작되면 다른 하나는 자연스레 따라오게 된다. 자존감이 낮고 우울감이 있는 상태에선 가장 먼저 내 공간에 소홀하게 되고, 곧 꼼짝도 하고 싶지 않다는 생각이 지배하기 시작하면 아주 여럿의 '하기 싫음 병정들'을 생산해 낸다. 무엇이든 긍정적인 것은 단리인네 부정적인 것은 어쩐지 복리로 불어나는 기분이다. 어지러워진 방을 보며 다시 내일로 청소를 미루기보다 눈 한번 딱 감고 용기 내어 내 취향대로 정리하고 나면, 청소만으로 왠지 모를 자신감이 생긴다.

편안한 가구가 있는 공간이 주는 힘을 알기에, 우리는 가구 마감에 공을 많이 들이는 편이다. 가구를 마감하는 일은 영화로 치면 편집 일과 같다. 시나리오, 연기, 촬영, 음악, 미술 등 모든 과정을 완성도 높게 마쳐도 편집에서 작품의 방향이나 느낌이 완전히 달라질 수 있는 것처럼 가구도 마찬가지다. 디자인, 재단, 샌딩, 스테인, 조립, 바니시 등을 잘한다고 해도 최종 마감에서 가구의 인상이 달라진다. 매끄러운 마감으로 가구를 만질 때마다 기분 좋은 손길이 닿게 되면 그 좋은 기분들이 모여 가구를 아끼고 좋아하게 되며, 함부로 다루어지지 않으니 오래 사용할 수 있는 다정한 순환이 일어난다.

수작업으로 가구의 모든 곳을 만져 보며 마감하고 있다 보니 그 완성도는 자부한다. 아무도 알아 주지 못하는 과정이지만 만든 우리가 알고 있고, 가구를 사용하시는 분들이 어떤 식으로든 느껴질 부분임을 안다. 수십 개의 가구를 제작하는 중에도 제품명과 개수로 구분하지 않고 '○○○님 북 카트'라고 명명하는 것도 비슷한 이유다. 이렇게 우리가 제작 과정에서 자존심을 지킬수록 쓰시는 분들의 자존감도 높아질 수 있지 않을까?

목수 앞에 여성을 붙이는 이유

    목공에도 외장 목수, 내장 목수, 가구 제작, 인테리어, 우드 카빙 등 여러 분야가 있다. 목수로 일하며 분야에 선을 분명히 그으며 프라이드를 느끼는 분들을 많이 보았다. 자고로 이 정도는 해야 목수라 할 수 있지, 라는 식이다. 목공방도 주로 교육을 하는 공방과 제작 판매를 하는 공방으로 나뉘는데, 두 공방은 필요한 기계부터 운영 방식까지 완전히 다르다. 그리고 '남성 없이 운영하는' 가구 제작 판매 공방이란 이 세계에서 무시딜

하기 딱 좋은 조건이다. 우리는 어쩌다 보니 남성이 대다수 일하는 분야에서 여성 세 명이 꿋꿋이 모여 일하면서, 그 길을 5년째 걷고 있다.

여성이 소수인 분야이기는 하지만 개인적으로 여성 목수라는 말을 그리 좋아하지 않는다. 특정 단어나 의미, 무엇인가를 규정하고 편을 가르고 나누는 것에 회의적이기 때문이다. 직업에 성별을 특정해 사용하는 것 자체가 차별의 의미를 두는 것이 아닐까. 여자 간호사라는 말은 쓰지 않지만, 남자 간호사라고는 굳이 칭하는 것과 같다. 어느 성별이냐를 떠나 나무 목에 손수, 그야말로 손으로 나무를 다루는 사람이라면 모두 목수라 생각한다.

그런데도 소개할 때 여성 목수임을 굳이 표현하고 내세우는 데는 자꾸 드러내고 목소리를 내야 한다는 생각이 점점 커졌기 때문이다.《여자 둘이 살고 있습니다》의 저자 김하나, 황선우 작가님의 북토크에서였다. 작가님들이 자주 보이고, 눈에 띄고, 말해야 세상이 달라

백발의 할머니가 되어 작업복을 입고 있는

미래의 내 모습을 꿈꾼다.

진다고 말할 때 맞아 맞아, 고개를 끄덕였다. 세상에 버젓이 존재하는데 사회에서 말하는 다수에 속하지 않는다고 해서 없는 취급을 해 버리는 사람들에게, 내가 여기 있다고 더 말해야 한다.

목공에서도 남자가 할 일, 최소한 연차 몇 년 이상이 할 일은 정해져 있지 않다고 믿는다. 우리가 분명 이렇게 존재한다는 것을 알리고 업에 프라이드를 갖고 열심히 사는 모습을 꾸준히 보여 주다 보면, 더 많은 사람들이 성별에 상관없이 업을 택할 수 있고, 직업 앞에 성별을 붙이지 않는 게 아주 자연스러워지는 때가 오지 않을까?

내가 계속 그렇게 노력해서 동생들도 그리되길 바란다. 그리고 성별로 직업을 나누지 않게 된 미래의 내 모습을 꿈꾼다. 70대에 백발이 되어 비니를 쓰고 덕지덕지 묻은 톱밥과 마감재로 범벅된 작업복을 입고 나무를 다듬고 있는 할머니의 모습을.

작업복

복장을 강요받는 학창 시절을 보냈다. 빳빳한 블라우
스에 넥타이, 치마는 무릎 밑 10cm, 머리카락은 귀밑
3cm. 아무리 추운 날에도 코트나 패딩이 허용되지 않았
다. 어른이 되기를 기대했던 유일한 이유가 나에게 편
하면서 어울리는 옷을 마음껏 입을 수 있기 때문이었
다. 하지만 웬걸, 직장인이 되자 교복만큼 불편한 정장
을 입어야 하고 거기다가 매일 무슨 옷을 입어야 하나
고민까지 해야 했다.

회사원 시절 출근룩에 학을 떼서인지 목공을 시작하고 나선 정말 누가 봐도 편한 옷들을 입고 일했다. 몸을 많이 쓰는 일이다 보니 활동성이 복장 선택의 영순위였다. 활동성을 갖춘 옷들은 보통 운동복이나 등산복인데 그런 옷들은 또 비싸고 스테인 마감을 하다가 묻으면 잘 지워지지도 않았다. 그래서 큰맘 먹고 유명 브랜드에서 '작업복'이라고 분류된 옷들을 샀는데 오히려 일반 옷보다도 불편했다. 여러 공구와 필기구를 수납할 수 있는 조끼는 너무 딱딱하고 커서 드릴을 쓰려고 손을 올리면 뒤에서 누가 목덜미를 잡아챈 듯이 올라가 버렸고, 바지는 가장 작은 사이즈여도 허리가 줄줄 흘러내렸다. 남자 신체 사이즈에 맞춰 옷을 만들어서 그런 것이었다. 다른 브랜드는 다를까 싶어 여러 제품에 도전해 봤지만 실패하고, 결국 우리의 작업복은 보푸라기가 잔뜩 일어났거나 목이 한없이 늘어나 버려도 될 옷으로 삼게 됐다. 항상 아쉬운 부분이다.

옷뿐만이 아니다. 남자 손 크기에 맞춰 만든 샌딩기

때문에 우리는 아이가 어른용 기타를 잡는 것처럼 손을 최대한 벌려서 작업해야 하고, (덕분에 악력이 늘었다.) 또 남자 신체 크기에 맞춘 트럭 운전대 덕분에 어깨를 항상 치켜들고 운전대를 잡는다. (덕분에 승모근이 발달했다.)

얼마 전 경향신문에서 '당신은 무슨 옷을 입고 일하시나요?'라는 제목의 연재 기사를 봤다. 여성 용접사, 여성 소방관 등 몸을 많이 쓰는 여성들은 자신에게 맞는 작업복과 신발이 없어 작업할 때 더 위험하다고, 그러다 보니 몸에 맞추기 위해 직접 수선한다고 했다. 여성 목수만 그런 것이 아니었다. 이런 현실이 참 답답했지만, 여성 용접사들의 인터뷰를 보고 여성으로서 지금 내 할 일을 잘 해내는 게 우선이라 다짐했다.

"없는 작업복을 만들어 입었듯, 아무것도 가르쳐 주는 사람이 없어 남성들이 하는 걸 어깨너머로 보고 배웠듯, 길이 없으면 만들면 된다."

3장

⋮

일은 혼자서 알 수 없는 것이어서

복식의 힘

복식이라는 한자어를 풀어 쓰면 겹치는 방식이다. 한 공간에서 둘이 잘 겹치기 위해 각자의 포지션에서 자신의 역할을 다한다. 그러다 때로 예기치 못한 상황에 놓일 때 본래의 포지션을 벗어나 도우며 위기의 순간을 함께 모면해 나가기도 한다. 복식 경기는 팀의 호흡이 개인의 실력보다 중요하고, 호흡이 잘 맞으려면 서로의 방식과 습관을 아는 것이 기본이다.

언니와 나의 복식은 기본이 탄탄한 편이니. 우리는

7년째 함께 살고 있고 5년째 목공 일도 같이 하고 있으니 이 행동 다음엔 무슨 말이 나올지, 이 말 다음에는 어떤 생각을 할지 짐작할 수 있다. 그래서 서로 굳이 말하지 않아도 되고, 또 같은 이유로 꼭 말해 주기도 한다. 우리의 복식 경기는 공간에 제약이 없다. 집에서 공방으로, 다시 공방에서 집으로 이어질 때가 많다. 신제품을 만드는 과정을 예로 들면 이러하다.

어느 날 아침 언니가 눈을 뜨자마자 말한다.
"우리 흔들의자 만들어 보자!"
나는 잠깐 당황하지만 오랜 시간 켜켜이 쌓아 올린 고민과 수없이 많은 레퍼런스들을 찾아보았을 언니의 지난날이 그려지니 "그래, 해 보자!"라고 대답한다. 언니가 자작나무 테이블에 앉아 생각한 디자인을 그리면 나는 그 그림을 일러스트 프로그램으로 도면화하여 스케치업으로 완성한다.

모니터에 띄운 완성본을 함께 살펴보며 보강할 부분은 없는지 바뀌어야 할 곳은 어딘지 회의한다. 이러한

집구석 회의에서 서로에게 가장 많이 하는 말은 "뭔지 알지?"다. 그리고선 "알지, 알지"로 대답하는 게 우리 나름의 유행어다.

프로그램 안에서 몇 차례 수정한 도면을 바탕으로 언니는 샘플 제작에 들어간다. 조립이 오래 걸리진 않는지 실물이 나왔을 때 구조에 문제는 없는지 등을 알아보기 위해 샘플을 만들어 확인한다. 여기까지의 모든 과정을 꼼꼼히 체크해도 막상 샘플을 보면 또 보완할 것이 100% 생긴다. 이 역시 함께 의논하며 더 좋은 가구를 만들어 간다.

창업하고 나서 얼마 되지 않아서는 서로를 배려하기 위해 퇴근 후엔 일 얘기를 하지 않았다. 하지만 이 방식이 우리에게 너무도 맞지 않는다는 걸 금세 깨달았다. 집에 있을 때도 새로운 가구들 구상을 말하고 싶어 입이 근질근질했고 일하는 동안 궁금했던 것을 다음 날로 미루자니 까먹을 것 같았다. 일 이야기를 안 하기로 결심한지 한 주가 다 채워지기도 신에 실국 서녁 믹으매 내일 출고할 주문을 상기했다. 우리는 잠들 때까지 일에 대해 이야기했고 그 시간이 재밌었다. 지금도 퇴근 후에 그날 공방에서 미처 얘기하지 못했던 부분들을 복기하며 대화하고 내일의 업무를 계획하는 시간이 행복하다.

일이 좋다고 여길 수 있게 만들어 준 것은 역시 '복식'의 힘인 것 같다. 혼자서 했다면 스스로 볶아치는 것밖에 할 수 없었을 테지만 함께였기에 여전히 일이 즐겁다. 서로가 잘하는 일을 더욱 잘할 수 있도록 북돋아 주고, 간혹 힘든 일이 있어도 우리는 이 힘든 마음을 꼭 같이 느끼며 서로 힘을 내려 한다. 기쁠 때도 슬플 때도 함께 나눌 사람이 있다는 것. 이 동질감은 생각보다 큰 위로가 되어 또 한 걸음 내딛을 용기를 준다.

우리는 치열하게 고민하고
다정하게 이야기한다

유진과의 일과 생활에 대해 아는 이들은 꼭 묻는다.

"그렇게 붙어 있으면 둘이 안 싸워요?"

물론 의견 충돌이 있을 때가 있고, 감정이 상할 때도 있지만 아직 크게 싸워 본 적은 없다. (나의 기억으로는 그렇다. 이 글을 쓰고 있는 지금, 유진은 우리의 싸움에 대해 쓰고 있으면 어쩌지?)

유진은 갈치조림의 무를 먹지 않고 회를 아주 좋아하

지만 나는 회 맛은 전혀 모르고 갈치조림은 무부터 먹는다. 유진은 정해 놓은 계획대로 지켜지지 않음에 스트레스를 받지만, 나는 정해 놓은 계획이나 규칙에 스트레스를 받는다. 유진은 무엇인가를 버리지 못해 '이건 한 번 더 먹을 수 있지 않을까?' '이건 잠옷으로 입으면 되지 않을까?' 하며 냉장고와 옷장에 쟁여 두기에 바쁘고, 나는 쌓여 있는 물건이나 음식에 스트레스를 받는다.

이렇게나 다른 두 인격체가 어떻게 일과 생활을 같이 할 수 있을까? 가장 중요한 것들이 같기 때문이다. 티브이를 보다 깔깔 웃는 포인트가 같고, 분노하고 슬픔을 느끼는 포인트가 같다. 커다란 '결'이 같다고 해야 할까? 예전에 장항준 감독이 김은희 작가와의 결혼 생활을 '우리는 커다란 이데올로기가 같다. 그 점이 함께 살아가는 데 가장 중요한 점이다'라고 말하는 것을 보고 크게 공감했다. 좋아하는 책이나 기억에 남는 영화 등에 대한 답을 들으면 이 사람은 어떤 사람이구나, 하는 느낌이 오듯이 비슷한 가치관을 따르고 있다는 민음을 전제하고 대하기 때문에 다툴만한 거리가 적은 것 같다.

그리고 또 중요한 포인트는 표현의 방식이다. 커피를 내리는 김에 두 잔을 내려도 유진은 "언니가 내려 주니까 카페에서 먹는 커피 같네?"라고 말한다든지 설거지를 한 후에는 "오늘 많이 피곤했을 텐데 고마워"라고 하고, 조금 의견이 충돌할 때는 "나는 이렇게 생각했는데 언니 말대로 그렇게 생각할 수도 있겠다. 내 얘기도 들어 봐 줄 수 있어?" 하고 이야기한다. 다름을 인정하고 존중하는 마음을 담아 말해 준다. 나는 표현을 잘하는 편도 아니고 말을 예쁘게 하지도 못했는데 유진에게 많이 배웠다.

같은 의미의 이야기도 어떤 단어를 선택해서 쓰는지에 따라 받아들여지는 느낌은 천차만별이기에, 오래 선후배로 지냈지만 일할 때는 서로 존댓말을 사용하려고 한다. '고맙다, 대단하다, 근사하다, 미안하다'라는 표현들도 절대 아끼지 않는다. 일겠시, 일이 푸셌시가 아니라 꼭 표현하는 것이 필요함을 깨달았다. 말은 마음과 이어져 있어 마음에 안정감이 있어야 말도 예쁘게 할 수 있고, 또 반대로 맑은 말을 하면 마음도 함께 가다듬어진다.

공방에서도 집에서도 함께하는 우리는 이제 워낙 서로의 스타일을 잘 알기 때문에 각자 잘하는 것, 먼저 보이는 것들을 한다. 집안일도 그렇다. 빨래 쪽에는 영 소질이 없는 유진이기에 빨래를 널고 개는 것은 내가 한다. 식사를 준비하면 설거지는 다른 사람이 하고 주방 후드 청소를 유진이 하면 화장실 청소는 내가 한다. 주문량이 많은 주는 배달 음식이나 밀키트 위주로 먹고, 냉장고에 음식이 좀 쌓이는 듯하면 쉬는 날 요리를 해서 다시 비운다. 청소기는 그날 아침에 머리를 감지 않아도 되는 사람이 돌리고 호수의 빗질은 내가 양치질은 유진이 한다. 저녁 식사를 한 뒤에는 보통 각자 독서하거나 취미 생활을 하고 가끔 함께 영화를 본다.

그러다가도 일상처럼 일 이야기를 한다. '어제 이런

사진을 봤는데 느낌이 좋더라' '매거진에서 이런 글을 봤는데 이런 용도의 가구를 디자인해 봐도 좋을 것 같아' 같은 문장으로 시작한다. 일과 삶의 밸런스를 맞추기보다는 떼어 놓을 수 없음을 인정하고 조화롭게 받아들인다. 영화를 보다가도 책을 읽다가도 떠오르는 생각들을 이야기하다 보면 그것들이 모여 어느 순간 어떤 가구로 귀결된다. 5cm의 작은 높낮이 차이로도 사용자들에게는 얼마나 다른 느낌과 사용감을 주는지 알기 때문에 각자의 의견을 가감 없이 이야기한다. 우리는 이렇게 매일 치열하게 고민하고 다정하게 이야기한다.

믹스 커피

공방에서 체감하는 하루 속도는 지구의 자전보다 빠르게 흐르는 것 같다. 시계를 볼 때마다 3시간씩 훌쩍흘러가 있으니 말이다. 공방에서는 하루가 너무 짧기에일부러 쉬는 시간을 만들지 않으면 누구도 쉬려고 하지않는다. 그걸 알기에 언니는 억지로 우리를 작업대 앞에서 떨어뜨린다.

휴식 시간은 보통 출고가 끝난 직후인 오후 3시쯤 찾아오는데 그때가 우리는 몰랐지만 언니는 알고 있던 그 시간, 바로 믹스 커피가 제일 맛있을 시간이다. 우리에게 딱 한 잔의 믹스 커피가 필요했다는 것이 온몸으로 증명되는 경험은 생각보다 진한 행복으로 몰려온다. 쌀쌀한 날엔 따뜻한 한 모금으로 추위가 가시고, 무더운 날엔 시원한 한 잔을 벌컥 들이켜 지친 몸을 회복시킨다. 거의 만병통치 자양강장제랄까.

우리의 휴식은 단순히 커피 한 잔으로 끝나지 않는다. 일할 때 제대로 하는 만큼 쉴 때도 제대로 한다. 문 앞에 캠핑용 의자를 펼치고, 라디오는 잠시 꺼 둔다. 하루 종일 들리는 샌딩 소리와 기계 소음으로 피곤했을 귀도 쉬게 한다. 의자에 앉아 공방 앞에 나란히 서 있는 은행나무 세 그루를 셋이 가만히 바라보면서 "여기가 무릉도원이지" "이곳이 지상낙원이지" "아 여행을 뭣 하러 간댜~" 하며 한마디씩 거든다. 옆에 누운 호수의 눈꺼풀이 무거워져 조금씩 내려가는 것을 바라본다. 하루가 가는 것을 잠시 붙잡아 두는 느낌이다.

수 분이 지나고 우리가 잔을 비워 갈 때 은혜는 슬머

시 눈치를 본다. "이제 다시 작업하러 가야지" 하고 일어서면 언니와 나는 "조금만 더 쉬자~" 한다. 은혜는 어쩔 수 없이 그렇게 한다는 투로 "그럼 그럴까요?" 하며 다시 앉는데 그 모습을 보는 언니와 나는 웃음이 터진다. 우리의 휴식은 일할 때와는 완전히 반대쪽에서 천천히 흘러간다. 고요하고 느슨하고 느리게, 그렇게……

봉고 전국 방방곡곡 1

목공방을 운영하면서 가장 아까운 것이 목재 배송비
였다. 인천 지역 목재소의 경우 1장을 구입하든 100장
을 구입하든 배송비가 동일했다. (목재는 대부분 수입산
이고 인천으로 들여오기 때문에 인천 지역에 목재소가 많다.)
한 번에 많이 살수록 이득이지만 대량으로 구입할 수는
없었다. 수제 가구인지라 목재가 소량씩 필요했고, 더
군다나 오픈한 지 얼마 안 되었을 땐 주문도 많지 않아
대량 주문이 더 어려웠다. 주문할 때마다 부탁을 드렸

다. '파주 오실 일 있을 때 들러 주세요.' 일정은 알지 못해도 배송비는 반이나 줄일 수 있었다.

주문량이 조금씩 늘고 일정을 맞추어 하는 작업이 늘면서, 언제 올지 모르는 목재를 기다리는 일이 불안해지기 시작했다. 공방과 가까운 목재소를 찾다가 단가가 괜찮은 곳을 발견했지만, 배송비가 꽤 붙었다. 트럭만 있으면 출근길에 들러 필요한 수량만 사 갈 수 있을 텐데. 트럭만 있으면 우리가 해 보고 싶었던 큰 가구들 만들어서 직접 배송 다닐 수 있을 텐데. 트럭만 있으면 이사할 때 이삿짐 센터 안 불러도 될 텐데……. 그렇게 몇 달의 고민 끝에 하얗고 큰 봉고 트럭이 오게 되었다.

인생 첫 차가 트럭이라니. 상상도 못 했던 일이지만 왠지 좋았다. 날씨마저 청명한 9월 가을이었다. 공방에서 두근거리며 트럭을 기다리는데 저 멀리서 하얗고 귀여운 1톤 봉고 트럭이 마치 오랜만에 할머니집에 온 아이처럼 신나게 달려오고 있었다. 봉고 트럭은 우리의 공방이 있는 만우리에서는 아주 흔한 데다가 저 트럭

이 우리에게 올 차가 아닐지도 모르는데, 왠지 벌써 정감이 갔다. 승용차로 운전할 때는 옆 차선에 트럭이 오면 큰 덩치에 지레 겁을 먹고 피해 다녔는데…… 내 차라고 생각하니 저렇게 귀여워 보일 수가 없다. 공방 앞에 도착한 트럭을 보자마자 우린 '카봉이'라는 이름부터 지어 주었다. 카밍그라운드와 봉고트럭의 앞 자를 딴 줄임말이다. 운전을 무서워했던 내가 이제는 든든한 카봉이와 함께 전국 방방곡곡을 다닌다.

봉고 전국 방방곡곡 2

카밍그라운드와 다른 공방의 가장 큰 차별점이라고
하면 가구를 만든 사람들이 배송도 직접 한다는 것이
다. 브랜드 희녹에서 무과수님과 '손'을 주제로 인터뷰
를 하게 된 계기이기도 하다.

"며칠을 정성스레 만든 가구가 그 과정을 하나도 모
르는 누군가에게 넘겨져 때때로 함부로 대해진다는 게
싫었어요. 빌아 보시는 분들의 공신에 생성스럽게 놓아

드리는 것까지가 저희의 일이라고 생각했고요."

　이런 마음으로 평일에는 작업을 하고 주말과 공휴일에는 배송길에 오른다. 서울, 경기, 강원, 대전, 충청, 광주는 물론 부산, 김해, 경주, 남해, 거제, 통영까지 전국 방방곡곡 안 다녀 본 곳이 없다.

　처음에는 강력바를 묶는 것도 서툴고 방수포나 안전망을 여미는 것도 허술했다. 검색해서 본대로 흉내는 내 보았는데 화물을 싣고 도로를 달리려면 생각보다 엄청난 바람을 이겨 내야 한다는 사실을 깨달았다. 갑자기 내리는 비에 방수포를 덮느라 온몸이 쫄딱 젖어 가며 고속도로 쉼터에서 한참을 낑낑대기도 했다. 좁은 골목길 빌라촌, 산장 등 길이 험한 곳을 다니다 보면 이륜구동인 트럭이 물컹해진 흙길에 빠져 배송비보다 한참 비싼 크레인을 부르는 일도 있었다. 호수와 함께 잘 수 있는 곳은 애견 동반을 이유로 숙박비가 비쌌기 때문에 차에서 잠시 눈을 붙이고 고카페인 커피에 의지해 새벽길을 달리기도 했다. 그랬더니 좋은 마음으로 시작한 배송일이 하기 싫어졌다. 원거리 배송이 잡히면 걱정에 한숨부터 나왔다. 이러려고 한 게 아닌데…….

용달을 업으로 하시는 분께 매듭 묶는 법도 다시 배우고, 안전망을 팽팽하게 하는 법도 배웠다. 주말에 하는 배송도 따로 시간을 내서 여행 가기도 어려운데 전국 팔도 국내 여행 다닌다고 생각하기로 했다. 되도록 저렴한 숙소를 찾기는 했지만 숙소비를 더 이상 아까워하지 않고, 호수와 캠핑이 가능한 캠핑장이 있으면 텐트와 캠핑 장비들도 같이 싣고 떠난다. 동네 사람들만 안다는 로컬 떡볶이 맛집에 가고, 마을의 작은 중국집에서 짜장면을 먹고, 호수와 부둣가를 산책하고, 누구라도 색감에 반해 버릴 청보리밭을 지난다. 평소라면 지나쳤을 것들을 보고 먹고 경험한다. 호수에게 최대한 많은 곳을 보여 주고 다양한 냄새를 맡게 해 줄 수 있다는 것도 큰 기쁨이다. 마음가짐만 바꾸었을 뿐인데 전혀 다른 날들로 다가왔다. 결혼 후 멀리 내려가 오랫동안 보지 못했던 옛 친구를 만나기도 하고, 엄마가 아주 조그마했을 때 다녔던 학교 운동장을 뛰어 보기도 했다.

　물론 무엇보다 가장 큰 기쁨은 직접 만나는 고객들이다. 파주에서 왔다고 하면 대부분의 분들에게는 북한처럼 먼 곳으로 들리시는 듯했다. (사실 뭐 많이 가깝다.) 그먼 곳에서부터 직접 와 주어 너무 감사하다고 빵, 커피는 물론 직접 만드신 음식, 지역 명물, 호수 간식 할 것없이 바리바리 한 아름 안겨 주시고야 만다.

　거제도에서 신혼 가구를 주문해 주신 분도 기억에 남는다. 한사코 거절했음에도 기어코 장거리 운전에 피곤할텐데 뜨끈한 전복삼계탕을 먹고 가라고 배송 시간에맞추어 식당을 예약해 주셨다. 그런 마음들은 어디서 나오는 걸까? 총알 배송이 너무 당연해진 요즘, 심지어 어젯밤에 시키고 오늘 아침에 오지 않으면 왜 안 오는지짜증부터 나는 시대에, 며칠을 기다린 가구를 배송받는 것을 감사해 주시고 베풀어 주시는 마음. 세상은 아직 너무도 따뜻하다는 것을 우린 전국 방방곡곡 배송을통해 느낀다.

봉고 전국 방방곡곡 3

공방 온라인 스토어에 판매되고 있는 가구 외에도 맞춤 제작 가구 의뢰도 많이 들어 온다. 기존 카밍 가구를 주문하셨던 분께서 소파 프레임 맞춤 제작 여부를 물어보셨다. 원하시는 명확한 디자인이 있었고 사이즈가 큰 편이었다. 우리가 다루는 목재로 할 경우 구조가 복잡해지거나 목재가 많이 드는 방법이었다. 기존에 가지고 계셨던 소파도 수거해 주길 원하셔서 소파 제작 전문 업체에서 맞추시는 편이 여러모로 나을 셋 같다. 우리의 의견을 전해드리며 정중히 거절 말씀을 드렸다.

　며칠 뒤 다시 연락이 왔다. 공방을 여러 곳 알아봤지만, 카밍처럼 따뜻한 느낌을 찾기가 어렵다고. 제작만 가능하면 소파 수거는 안 해 주셔도 된다고 하시면서 도면도 직접 작업하여 보내 주셨다. 기한은 언제든 상관없다며 꼭 부탁드린다고 하는데 어떻게 더 거절할 수 있을까. 주문량이 많았지만 하기로 했으니 최대한 서둘러 제작에 들어갔다.

　보내 주신 도면에 카밍만의 디자인을 입혀 견고하고 부드러운 느낌의 프레임으로 디자인했다. 소파를 구성하는 파트들이 서로 조립되려면 나사로 박는 등의 쉬운 방법도 있지만, 우리는 각 파트들이 서로 더욱 견고하게 맞물리도록 촉을 내어 끼우거나 반턱♠ 맞춤을 함께 쓰고 있어 손이 더 간다. 조립 순서와 방법에 따라 파트들의 길이와 모양이 달라져서 초반 디자인 작업에 신경을 많이

♠
가구 조립시 서로 맞대는 부분에 일정 깊이만큼 홈을 파서 결합하는 반맞춤 방식

써야 했다.

꼼꼼히 작업을 완료한 후 소파를 들려고 보니, '아, 이거 배송할 수 있을까' 하는 걱정이 먼저 앞섰다. 마음속에 불가능이라는 세 글자만 가득 채워졌다. 예상은 했지만 부피가 워낙 큰 터라 들었을 때 생각보다 더 무거웠고, 엘리베이터가 없는 4층을 올라가야 하는지라 겁이 났다. '아, 역시 괜히 제작해 드린다고 했나' 하는 생각도 들었다. 필요할 경우 사다리차를 불러야 할 수 있다고 말씀은 미리 드렸으니 사다리차로 그냥 올릴까 고민도 되었다. 내 고민을 눈치 챘는지 언니는 제작하느라 힘이 많이 빠져 있어서 더 힘들게 느껴질 수 있으니, 배송 날은 힘을 아껴 뒀다 잘 쏟아 보는 게 좋겠다고 말했다.

드디어 배송 당일, 도착한 곳은 오래된 빌라였고 계단 폭이 좁았다. 계단으로 가구를 올리면 위쪽에 있는 사람은 구부정한 자세로 오롯이 허리와 팔로만 무게를 버텨야 하고, 아래쪽에 있는 사람은 자세는 편할지 몰라도 나머지 무게를 온전히 다 받아 내아 뗐니. 그래도 ㄷ

행인 점은 세대의 현관들이 계단에 바로 붙어 있지 않고 안쪽으로 많이 들어가 있다는 것이었다. 현관 복도가 좁으면 길고 큰 소파를 일자로 높이 세운 뒤 돌리고 다시 눕혀 올라가야 하는데 현관 복도가 긴 편이라 눕힌 상태 그대로 안쪽으로 빠졌다가 올라갈 수 있었다.

한 층 한 층 겨우 올라가다 보니 4층에 도착했다. 초인종을 누르자 가구를 주문하셨던 분께서 얼른 현관문을 열어 주셨다. 그분의 얼굴에는 미안함과 고마움이 가득 담겨있고 동시에 설레는 표정도 함께 보였다. 그 순간이 첫 보람이다. 가구를 직접 대면했을 때의 설렘이 우리에게 온전히 전달될 때. 포장재를 벗기고 원하시는 위치로 잘 잡아서 배치해 드리는 시간은 생각보다 짧다. 고생한 시간은 길고 힘들었기에 마음 같아선 여정을 차분히 설명해 드리고도 싶고, 이 가구를 어떻게 쓰실까, 카밍 가구는 어떻게 아셨을까, 궁금한 점도 많아서 물어보고 싶지만 이상하게도 해야 할 일이 끝나면 서둘러 나와 버리게 된다. 이날도 그렇게 현관을 나서려던 찰나였다. 고객분께서 쇼핑백을 하나 건네주셨

다. 돌아가는 길 혹은 작업 중에 요깃거리 하라고 말씀
하시며, 작은 쪽지도 함께 넣으셨다고 한다. 감사의 말
씀을 전하며 차에 타고 돌아가는 길, 중간에 앉은 내가
먼저 편지를 속으로 읽었다.

　먼저, 까다로운 주문에 응해 주셔서 감사드립니다.
저는 지금 백혈병 투병 중입니다.

　이 구절을 읽고 나자, 그다음 문장을 읽기 어려웠다.
운전을 하고 있던 언니와 발송 처리를 하고 있던 은혜
에게 함께 읽자고 했다. 내가 소리 내어 천천히 글을 따
라 읽었다.

　엄마와 동생이 살고 있는 집에 들어오면서 침대 겸
소파가 필요했습니다.

　저는 어떤 사물에는 영성이 있다고 믿는 편입니다.
그래서, 물건은 함부로 쓰지 않으려고 노력하고, 새 물

건을 들일 때도 신중한 편입니다. 특히, 누가 만들었느냐를 중요하게 여깁니다. 제작하신 분의 정성과 노력이 오롯이 그 물건에 녹아든다고 생각하기 때문입니다.

카밍그라운드의 작품을 보자마자 따뜻했습니다. 마음이 단정해지는 느낌이구요! 소중한 친구를 만난 것 같았습니다. 좋은 가구는 좋은 삶으로 이끈다고 하셨는데 카밍 목수분들의 좋은 삶이 이렇게나 좋은 가구로 이끄는 것 같습니다. 카밍을 만나 행복합니다! 정성스럽게 만들어 주신 가구와 함께 건강하게 지내겠습니다! 정말 고맙습니다.

편지를 다 읽자, 우리 셋 모두 아무 말도 하지 못했다. 부끄러운 마음이 앞섰고 죄송한 마음이 점점 커졌다. 기꺼이 기쁜 마음만으로 제작하지 못했고, 제작하는 동안에도 힘들다고 투정하고, 계단으로 옮기며 다신 안 하겠다고 다짐한 마음들 때문이었다. 카밍이어야 하는 진심 어린 이유를 이렇게 알게 되어 뒤늦게 깨닫는 모습이 창피하기도 했다. 이런 여러 가지 감정들이 동시에 일렁이면서 셋 모두 비슷한 결심을 했을 것이다.

'항상 감사한 마음으로 제작하자! 힘든 건 당연한 것이니까. 믿고 결정한 마음들을 실망시키지 않도록, 우리 스스로 떳떳한 가구를 만들자. 무엇보다 계속 지금처럼 전국 방방곡곡 고객분들을 직접 만나 뵙고 배송하며 조금이나마 서로의 마음을 전하자.'

공방으로 돌아오는 길에, 그런 다짐을 했다.

휴일 일기

커피 브랜드인 블루보틀의 대표는 창업 전 클라리넷 연주자로서 10만km씩 떨어진 곳으로 공연 투어를 다녔는데, 그때마다 직접 볶은 커피 원두를 챙겨 가 손수 커피를 내려 마셨다고 한다. 회사를 다닐 때는 이러한 수고스러운 정성을 이해할 수 없었지만, 어느덧 우리는 1박 이상이 필요한 곳에 배송을 갈 때마다 원두와 그라인더, 여과지를 챙기는 사람들이 되었다. 특히 아침 공기를 맡으며 커피를 내릴 때의 여유로운 느낌은 이루

말할 수 없는 행복을 준다.

커피를 내릴 땐 디카페인 원두를 쓴다. 예전에는 하루에 석 잔씩 커피를 마셔도 잠을 잘 잤는데 해가 바뀔수록 카페인이 수면을 방해하게 되었다. 처음에는 카페인이 든 커피를 마셔야 몸의 세포가 깨어나는 것 같았는데, 커피를 내려 마시는 행위만으로도 같은 느낌이 들 수 있다는 것을 알았다.

쉬는 날에도 디카페인 커피 한 잔으로 하루를 시작한다. 자작나무 테이블에 앉아 사과나 요거트와 함께 커피 한 잔씩을 내려 마신 뒤 언니는 청소를 먼저 해야 좀 쉴 수 있겠다며 청소를 시작한다. 청소기를 돌리고 스팀 걸레로 방바닥을 닦고 가스레인지와 후드를 닦은 뒤 화장실 락스 청소로 마무리하는 것이 언니의 아침 루틴이다. 나는 우선 좀 쉬어야 움직일 수 있다고 하며 테이블에 앉아 그림을 그리거나 일기를 쓴다. 테이블 아래로 청소기가 지나다니면 언니의 수고를 덜어 준다며 양발을 힘껏 들어 올리는 철없는 메이트나.

아침 루틴을 마무리한 후에는 공방에 잠깐이라도 나
가 냥이들에게 밥을 준다. 사실 일주일에 하루 정도는
공방에 가고 싶지 않은 마음도 큰데 기다리는 녀석들이
눈에 밟혀 결국은 나가고 만다. 냥이들 밥과 물을 챙겨
주고 호수와 산책을 한다. 일하는 날에는 만들어야 할
가구들 생각에 여유 있는 마음으로 산책하기가 어려운
데, 쉬는 날에는 너그러운 마음으로 느긋이 산책하며 하
늘의 색도 보고 계절에 따라 변하는 꽃과 나무들을 관찰
한다. 우리가 여유롭게 걸으면 호수의 걸음도 차분해지
는 걸 느낀다. 호수도 사람들과 날아가는 새들을 구경하
고 친구들이 남기고 간 냄새들도 꼼꼼히 오래 맡는다.

집으로 돌아와서는 그동안 밀키트나 배달 음식으로
지친 입맛을 위로해 주기 위해 직접 요리해서 음식을 만
들어 먹고 영화를 찾는다. 선정의 기준은 보통 언니가
즐겨 듣는 팟캐스트들에서 소개해 준 영화이다. '여둘
톡'은 물론 '김혜리의 필름클럽' '비혼세' '정희진의 공
부' '책읽아웃' 등에서 소개해 준 영화들을 기억해 뒀다

가 쉬는 날 꼭 보려고 한다. 영화를 좋아하는 우리였지만 공방을 운영하면서부터는 한 달에 한 편 보기도 사실 힘들어졌다. 그래서 요즘 우리에게 영화는 여행만큼이나 특별한 경험이다. 보기 전에는 설레는 마음으로 기대하게 되고, 보는 동안에는 우리가 평소에 놓치고 있던 감정이나 생각들이 깨어나는 경험을 한다. 영화가 끝난 후엔 각자 여운의 시간을 가진 뒤 기억에 남는 장면을 나누며 마무리한다.

쉬는 날의 마지막 일정은 호수와의 밤 산책이다. 날이 좋으면 배드민턴 채를 들고 나가 가볍게 게임을 한다. 호수는 판정에 집중하려고 노력하지만 자신을 예뻐해 주는 누군가가 나타나면 바로 자리를 뜨고 한껏 애교를 피워 버린다. 결국, 얼마 치지 못하고 다시 산책에 나선다. 총총거리는 발걸음과 바빠지는 콧등, 해맑은 미소의 호수를 바라보며 언니와 나는 이 작고 소중한 생명체가 뿜는 에너지에 충전되어 돌아온다. 쉬는 날이 많지 않기에 이렇게 보내는 휴일 하루는 더욱 소중하고 귀하니.

불난리가 나다

출근 준비를 하고 있는데 전화가 왔다. 이 시각에 전화 올 사람이 없는데…… 폰을 보니 공방 옆 건물 원두가게 사장님이었다. 종종 인사만 하고 지냈는데 이른 아침에 전화까지 오는 걸 보니 뭔가 불길한 느낌이 들었다. 아니나 다를까. 공방 옆 전봇대에서 불이 났단다. 소방차와 경찰차, 전력 공사 차량까지 와있다고 한다. 아……. 불이 얼마나 어떻게 났는지 물어볼 경황도 없어 일단 빨리 가겠다고 했다,

도착하고 보니 생각보다 불길이 컸다. 그런데 생각보다 작았다. 컸다고 생각한 이유는 대형 소방차와 경찰차가 여러 대에 그 주변에 모여든 동네 주민분들이 많았기 때문이고, 작았다고 여긴 지점은 다친 사람은 아무도 없다는 것이었다. 불안과 안도가 이렇게 동시에 느껴질 수 있는 감정이었나. 간단한 경찰 조사를 받고 상황을 파악해 보니, 새벽녘부터 연기가 피어오르다가 한동안 연기만 자욱하더니 갑자기 불꽃이 튀며 불길이 솟았다고 했다. 주변 자동차의 블랙박스와 주택의 CCTV를 다 찾아보았지만 화재의 원인은 끝까지 찾지 못했다.

전봇대에 불이 난 까닭에 공방의 모든 전기가 다 나가서 컴퓨터도 기계들도 모두 사용할 수 없었다. 전봇대 화재가 났으니 전력 공사에서 나와 바로 수리를 해주는 줄 알았다. 오전 내내 기다렸지만, 아무 연락도 방문도 없었다. 인터넷으로 검색해 보니 수리는 개인이 해야한다고 했다. (낮은 확률이지만 지식인이 큰 도움이 될 때도 있다.) 지식인에 따르면 우선 전봇대와 연결되어 있는 전기선이 건물과 어떻게 연결되어 있는지 알아봐

한단다. 설명을 읽고도 무슨 말인지 몰라 전봇대 주변을 꼼꼼히 살펴보았지만 연결되어 있는 흔적을 찾지 못했다.

임대인도 소식을 듣고 놀라서 전화를 걸어 왔다. 걱정을 해 주셨지만 어쨌건 공방과 가장 가까운 곳에서 난 화재이니 화재 관리를 못한 우리 탓으로 돌리는 투였다. 아무래도 우리가 목재를 다루고 있고 주변에 다른 건물과 달리 매일 출근을 하니 더 잘 관리해야 한다는 말이었다. 이해가 되지 않았지만 상황이 급한 쪽이 약자다. 전기가 얼른 들어와야 주문 주신 분들께 제대로 만든 가구를 전해 드릴 수 있다. 이 순간부터는 비용보다 시간을 더 신경 썼다. 임대인으로부터 전기선이 땅속에 매립되어 있다는 것을 알았고 사설 업체 여러 곳에 전화를 걸었다. 파주, 일산, 김포까지 연락해 봤지만 기사님들 모두 며칠은 시간이 걸린다고 했다. 땅속에 매립된 전기선을 다루다 보니 굴착기도 필요하고, 그럴 경우 비용이 백만 원이 넘게 불어난다고 말했다. 또 어떤 업체에서는 전기를 다루는 작업은 소방과 관련

된 공공기관의 동의를 얻어야 하기에 서류 작업이 까다롭다며 서류 작업 수수료를 10만 원이나 추가했다. 승인을 받기까지 최소 일주일이나 소요된다는 말도 덧붙였다.

여러 곳을 찾아본 끝에 그나마 괜찮은 한 곳을 겨우 선정하니, 임대인이 자기가 아는 곳의 기사를 불렀다며 내일 새벽에 온다고 연락을 줬다. 아…… 빨리 수리할 수 있다는 것에 만족하며 다음 날을 기다렸다. 다음 날 출근을 하니 일찍 오신 기사님이 이미 작업을 거의 끝내고 계셨다. 기사님은 작업 과정을 꼼꼼히 설명해 주셨다. 화재로 인해 선들이 거의 녹아 내렸지만 굴착할 정도는 아니어서 힘은 들었어도 어렵지 않게 작업하셨다고 했다. 자재비는 투명하게 공유해 주셨고 최소한의 인건비 정도만 받으셨다.

이후 한전에 연락해 공방과 연결된 선을 빼 놓았으니 전력을 공급받을 수 있도록 작업해 달라고 했다. 점심 머고 가겠다고 한다. 점심시간을 한참 지니 얼굴이 뻘

게진 채로 술 냄새를 풀풀 풍기며 오는 두 아저씨가 설마 그분들은 아니겠지 했지만…… 슬픈 예감은 틀린 적이 없다. 두 아저씨는 별다른 인사 없이 와서 리프트로 올라가 바닥에 있는 선과 전봇대 위의 전선을 연결했고, 아무 말 없이 떠났다.

가신 줄도 모르고 있다가 뒤늦게 기계를 켜 보니 다행히 전기가 잘 들어온다! 밀린 작업을 부랴부랴 시작했다. 샌딩기 돌아가는 소리가 이렇게 흥겨웠던가. 목재 재단 소리가 이렇게 반가웠던가. 앗, 그런데 테이블 쏘가 거꾸로 돌아간다. 아침에 작업해 주신 기사님께 연락해 보니 한전 쪽에서 전선을 반대로 연결한 것 같다고 한다. 깊은 한숨이 나온다. 하아. 그래도 다행히 우리가 조치할 수 있는 방법을 알려 주셨다. 배전반에 연결된 2개의 전선 위치를 바꾸니 재단기가 다시 본 방향대로 돌아갔다.

믿을 수 있는 기사님이나 업체를 찾는 일은 생각보다 어렵다. 열심히 서칭을 해 마음에 쏙 드는 맛집을 찾아도 막상 가서 먹으면 맛집이 아닌 경우가 많은데, 제대로 작업해 주시는 기사님 찾기는 오죽할까. 일이 벌어진 후에는 조바심이 나 버려서 능력에 상관없이 무조건 빨리해 주실 분을 찾거나 가장 비용이 덜 드는 곳을 찾게 되기 쉽다. 이번 불난리로 얻은 것이 있다면 유사시 연락드릴 수 있는 믿음직한 기사님을 알게 된 것이다. 아이러니하게도 일이 벌어져야만 알게 되는 것이지만, 추후 비슷한 일이 일어났을 때 조금 더 든든한 마음일 것 같다는 생각이 들면, 다행인 걸까?

블루워커의 손

어느 날 인기가 많은 카페에 갔을 때였다. 커피 바에서 요란한 소리가 들렸다. 손님이 많아 주문이 밀려서 그런가 싶었지만 그러기에는 불쾌한 큰 소리가 자주 났다. 도대체 왜 이렇게 큰 소리가 날까 해서 봤더니 한 직원이 급해 보이는 표정으로 주먹으로 에스프레소 버튼을 강하게 누르고(아니 때리고), 깨질 정도로 '탁!' 소리를 내며 잔을 놓고 있었다. 손이 거친 사람이었다. 눈치로 보니 같이 일하는 또 다른 직원의 행동이 느려서

유진

짜증 난 것처럼도 보였다. 성격은 손으로 나온다.

동작이 매우 굼뜬 모습을 표현한 '손이 뜬다'는 말이 있다. 그 또 다른 직원의 손이 딱 그랬다. 야무진 손이 아닌, 계속 떠 있는 상태였다. 아니나 다를까 결국 우당탕탕 잔들이 떨어지고 깨지는 소리가 들린다. 손이 전혀 맞지 않는 두 직원의 모습을 보고 있노라니 내 손은 어떤 손일지 생각해 보게 됐다.

나도 손이 여물지는 않은 사람이었다. 설거지하는 소리가 꽤 요란한 편이었고 회사에 다닐 땐 손에 쥐는 물건들을 종종 바닥에 떨어뜨리기도 했다. 회사원일 때는 이렇게 손끝이 거칠어도 큰 피해는 없었기 때문에 야무지지 않은 손에 별다른 생각이 없었다. 하지만 목공업을 시작하면서 생각이 완전히 달라졌다. 위험한 도구를 사용하다 보니 자연스레 손끝이 조심스러워졌다. 언니의 손가락 사고 후에는 조심해야 한다는 원칙을 더 강하게 마음속으로 세우게 됐다.

언니는 기계 사고의 위험성을 알고 항상 조심하던 사람이었다. 공방 안에서도 야무진 손끝으로 기계들을 한 번 더 살폈고 신중하게 사용했다. 공구를 사용할 때마다 '천천히, 차분히, 안전하게'라는 말을 중얼거리고 되뇌는 사람이었다. 일을 하며 다치는 모습들을 직접 봤기 때문이라고 했다. 그랬던 언니가 테이블쏘에 손가락이 끼는 사고를 당하게 됐을 때 아무리 차분한 사람이어도 사고는 정말 순식간이라는 것을 알게 되었다. 그리고 후회했다. 조심하라는 말을 하기 전에 조심히 작업할 수 있도록 해 줄걸. 기계가 돌아갈 때 옆에서 살펴볼걸. 아무리 손이 어는 강추위에도 장갑은 벗고 하는 게 안전하다고 얘기해 줄걸. 그보다 오늘은 이만 집중이 어려우니 작업을 그만하자고 할걸…….

사고는 언제든지 얼마든지 어떻게든 일어날 수 있다. 우리는 각자 조심하는 것을 넘어 서로가 다치지 않도록 조심하려고 노력한다. 목재를 혼자 들다 허리가 다치지 않도록 함께 들어 주는 것은 물론 작업 동선에 방해가 될 수 있는 것들은 정돈해 두거나 아니면 번거롭더라도 테이블과 기계들의 배치를 완전히 바꾸기도 한다. 기계들이 노후화로 오작동되지 않도록 주기적으로 관리하고 청소하는 것까지 이 모든 행동은 결국 누군가 다치지 않도록 하기 위한 조심스러운 자세다.

신형철 님은 '조심'이라는 단어를 '손으로 새를 쥐는 마음'이라고 표현한다.(《인생의 역사》, 난다) 손으로 무언가를 위하고 아끼는 마음 말이다. 블루워커는 이런 사람들인 것 같다. 무거운 도구를 사용한다고 해서 거친 손을 가진 사람들이 아니라 항상 손끝이 조심스러운 사람. 육중하고 날카로운 기계들 사이에서 서로를 위해 신속하게 움직이는 사람. 조심하며 오늘의 일을 해내는 사람들 말이다.

나무의 선물

호수를 키우며 동물들의 감정과 행동에 관심이 생기듯, 나무를 만지는 직업을 갖다 보니 나무들에 자연스레 마음이 간다. 카밍그라운드 오픈 전에는 나무의 종류와 특징에 크게 관심이 없었다. 알고 있는 것이라고는 계절에 따라 변하는 나무들(벚나무, 단풍나무, 은행나무 등)이거나 열매를 맺는 나무(밤나무, 사과나무 등) 정도랄까. 하지만 이마저도 꽃이 피지 않거나 열매를 맺지 않은 상태라면 구분하기가 힘들었다.

카밍그라운드를 오픈하며 다양한 수종으로 만든 목재를 보았는데, 특히 목재를 공방에 들여오는 날이면 목재가 되기 전 나무였을 때를 상상해 보게 된다. 우리에게 온 목재는 상품이지만 그 처음은 숲에서 자기 몸을 희생하며 힘겹게 왔을 나무다. 미안하고 감사한 마음이 든다. 카밍에서 자주 다루는 자작나무는 나무 중에서 특히 결이 예쁜 나무인데, '나무들의 나무'라고도 불린다. 기후만 맞는다면 허허벌판에 가장 먼저 자리를 잡아 숲을 이루어 다른 나무들이 잘 자랄 수 있는 환경을 만들어 준다. 그러고선 80년의 수명을 마친다. 나무에 도움을 주고 사라져 버리는 운명의 나무라니. 나무들의 특징을 알고 나면 허투루 작업할 수가 없게 된다. 조금이라도 잘 쓰이는 가구로 만들어 주고 싶어진다.

같은 자작나무더라도 들여온 목재들을 보면 결이 다름은 물론 옹이의 모양, 크기나 거칠기 정도도 제각각이다. 강아지도 같은 종이라고 해도 생김새와 성격이 모두 다른 것처럼 말이다. 나뭇결이 모두 니곤 고유성이 오히려 가구를 더욱 특별하게 만든다. 전 세계에서 유일한 가구가 될 수 있기 때문이다. 같은 테이블이더라도 어느 하나 같은 것이 없다.

그렇게 나뭇결을 가장 잘 느낄 수 있는 테이블을 가만 들여다보면 신기하다는 생각이 든다. 나무는 가공되어 우리가 받을 때는 무생물 상태의 목재로 오지만, 계속 살아있는 듯한 느낌을 주기 때문이다. 살아있는 생물이 어떤 이유로 수명이 끝나면 보통 마르거나 썩어 색이 변하고 고약한 냄새가 난다. 히지민 나무는 가공이 되어도 그대로다. 결과 색, 특유의 향까지 모두 썩지 않고 변질되지도 않고 그대로 유지되다니. 끝까지 아낌없이 주는 나무다.

사드 카하트의 책에서 피아노 수리 장인 뤼크는 누군가의 집에서 친 적 없는 피아노가 자신에게 올 때 이렇게 말한다. "이제 가구로 사는 게 아니라 제대로 살수 있겠네요."(《파리 좌안의 피아노 공방》, 뿌리와이파리)라고.

피아노가 더 이상 가구가 아닌 살아있는 존재가 된다는 말에 무척 공감이 되었다. 우리가 만드는 가구들이 누군가의 공간에서 쓰임새 있길 바라는 마음과 같은 마음이지 않을까. 가구를 쓰시는 분들께 우리의 가구가 집 안에 한 공간을 차지하는 물건뿐만이 아닌 즐거움이길 바라고, 모닝 루틴이길 바라고, 추억이길 바란다. 그런 게 바로 이 나무들이 가구 이상의 의미로 잘 살아가는 것이 아닐까.

캠핑 가자

누구도 미워하지 않는 사람이 되려다
나는 나를 미워하는 사람이 되었고
모두를 사랑하는 사람이 되려다
나는 나를 외로이 버려두었지

싱어송라이터 강아솔 님의 '누구도 미워하지 않는'
노래 가사다. 나는 가사가 있는 음악을 들을 때에는 멜
로디보다 가사에 더 집중하는 편인데, 그래서인지 이

노래는 듣자마자 울컥하며 왠지 멍해졌다. 내 속을 들켜 버린 느낌이랄까?

나는 '다 상관없어, 좋은 게 좋은 거지' 부류의 사람이다. 친한 친구들도 내가 좋아하는 음식이 무엇인지, 못 먹는 음식이 무엇인지 잘 모르는 그런 사람 말이다. 착해서가 아니다. 순전히 내 의견을 이야기하기 위한 에너지 소비보다 상대방 의견에 따르는 에너지 소비가 덜 들어서다.

막둥이도 나의 그런 면만 알고 있었을 것이다. 둘 다 직원으로 함께 일할 때는 서로를 배려하며 본인이 맡은 바를 성실히 해냈고 사적으로도 좋은 언니 동생 사이였다. 고용주와 고용인으로 다시 만나게 된 우리는 서로 당황했다. 일을 제법 잘한다는 이야기를 줄곧 들어 왔던 막둥이였다. 정확히 말하자면 일을 못하는 것이 아니라 일하는 방식이 맞지 않았다. 나는 야근하지 않는 것을 최우선 원칙으로 삼는 사람이었고, 막둥이는 본인만의 속도로 일하는 것이 좋기 때문에 출근할 때 항상 야근할 것을 기본으로 생각하는 쪽이었다.

이 업은 하루 무리하면 이틀 쉰다고 회복될 수 있는 일이 아니었다. 무리하다 보면 몸이 사달 나 버렸다. 체력이 곧 생산력이기 때문에 몇 달만 일하고 그만둘 것이 아니라면 매일 체력과 컨디션 관리를 해야 한다. 더군다나 공방 주변에는 거주하는 분들도 계시기 때문에 저녁에는 기계 작업을 할 수 없었다. 시간 내에 해야 할 일들을 마쳐야 하니 업무의 밀도는 높아져야 했다.

함께 일하기 시작한 초기에는 좋은 게 좋은 거라고 생각하며 이해해 보려 했다. 방식은 다를 수 있고, 누구든 서로 맞춰 가는 시간이 필요할 터이니 꾹 참았다. 그런데 시간이 지날수록 함께 일하는 시간이 스트레스로 다가왔다. 인원이 늘었음에도 생산력에 차이가 없었기 때문이다. 막둥이에게 조금씩 일의 밀도를 높이기 위한 방법을 제안해 보았다.

"이런 순서로 해 볼까?" "스테인 작업을 몇 시간씩 붙잡고 있을 수는 없어." "샌딩 속도를 즘 높여 볼까?"

"하나씩 하고 넘어가지 말고 이번 주에 출고해야 할 가구를 크게 크게 파악해 봐." "시간을 내서 공부해야지 다 알려 주며 할 수는 없어."

나는 나대로 최대한 기분이 상하지 않게 말하려고 노력했지만, 성격상 그런 말을 해야 하는 상황이 싫어서 스트레스 받았다. 싫은 소리를 듣는 막둥이도 마음이 좋지 않았을 거다. 부부가 신혼 초에 가장 싸움을 많이 하는 것처럼, 맞춰 가는 단계는 힘이 드는 법이다. 이대로는 안 되겠다 싶어 출고 스케줄을 정리하고는 짐을 챙겼다.

"우리 캠핑 가자."

그렇게 막둥이의 첫 캠핑이자 우리가 모두 함께하는 첫 캠핑을 하러 강원도로 떠났다. 한적한 바닷가 캠핑장이었다. 텐트를 치는 사람이 우리밖에 없던, 바닷바람이 많이 불고 빗방울이 떨어지는 쌀쌀한 날씨였다. 텐트 치는 것도 요리하기도 쉽지 않았다. 그래도 솜방이라는 한정된 장소를 떠나 텐트 안에 옹기종기 모여 맛있는 음식을 먹고 술을 한잔하니 나도 막둥이도 마음을 더 솔직하게 표현하기 수월해졌다.

"너희들에게 언니이기도 하지만, 업을 책임지고 끌고 가야 하는 사람이기도 해. 한 가지를 이야기하기 위해 수십 번 생각을 곱씹는다는 것을 알아주었으면 좋겠다."

"지금까지의 업무 스타일에서 바꿔 보려고 노력하고 있는데, 스스로가 못한다는 기분이 드니 자꾸 주눅이 들고 자신감이 없어져요."

"잘하는 부분은 칭찬부터 해 볼게. 내가 그 부분이 너무 부족했던 것 같아."

그렇게 서로를 토닥이는 밤을 지났다. 비바람에 텐트가 당장 날아가도 이상하지 않을 밤이었는데 꿀잠을 잤다. 다음 날, 잔잔해진 파도와 함께 맑은 아침을 맞았다. 진한 소나무 향과 바다 내음이 섞인 기분 좋은 향기와 함께 일어나 모닝커피를 내려 마시고 바닷가를 천천히 산책했다.

"언니, 너무 좋은 아침이지 않아요? 저 진짜 잘해 볼 수 있을 것 같아요."

지금도 우리는 1년에 서너 번 훌쩍 캠핑을 떠난다. 막둥이 생일엔 단양으로 가서 버킷리스트라는 패러글라이딩을 하기도 하고 유독 힘들고 어려웠던 가구 제작이 끝나면 홀가분한 기분으로 떠나기도 한다. 하루 정도 시간을 낼 수 있겠다 싶으면 스트레칭을 하다 말고 어디론가 떠날까? 얘기를 꺼낸다. 그러고는 누가 먼저랄 것도 없이 자연스레 트럭 뒤에 텐트와 코펠을 싣는다.

"자, 우리 캠핑 가자."

로봇이 10초 만에 가구를 만드는 날이
머지않았겠지

가구를 만들 때 사용하는 목재는 그 종류에 따라 주로 사용하는 기계가 모두 다르다. 뉴송, 미송, 편백나무, 삼나무 같은 소프트우드♠는 경첩 등 철물을 이용한 드릴 작업이 많고, 호두나무, 참나무, 벚나무 같은 하드우드♠♠는 수압대패, 톱과 끌 등을 이용한 작업이 많다.

♠
성장 속도가 빠르고 성질이 무른 나무. 가공이 쉽고 가격대가 부담스럽지 않다는 장점이 있다.

♠♠
성장이 느려 단단하게 자란 나무. 무겁지만 내구성이 높아 그만큼 가격대가 비싸다.

두 목재 말고도 많이 쓰이는 합판[*]은 보통 CNC[**] 작업이 중요하다.

목재를 정하는 것은 어떤 공방으로 운영할 것인가와도 관련이 있다. 공방은 크게 교육 공방과 제작 공방으로 나뉘는데, 운영 방식에 따라 주목재가 나뉘고 목재에 따라 필요한 기계들이 정해진다. 처음 공방을 운영하기로 했을 때, 교육 위주의 공방을 생각했다. 좋아하는 하드우드를 주목재로 다룰 수 있다는 장점이 있었다. 가구들이 예쁘게 전시된 쇼룸을 가지는 상상도 했다. 하지만 회사에 다니며 내가 많은 사람을 만나도 괜찮은 성향이라고 생각했던 것과 달리 (지금 생각하면 내 성향을 잘 모른 채 살았던 것 같다.) MBTI 검사 이후 내가 극 I형 인간 임을 알게 되었다. 잘 모르는 타인을 만나는 것이 엄청난 스트레스였음을 뒤늦게 깨닫고, 고민 끝에 교육 공방이 아닌 제작 판매 공방을 운영하기로 결

[*] 소프트우드와 하드우드의 중간 격인 목재. 얇은 목재를 교차로 쌓아 내구성을 살리고 금액대의 접근성을 낮춘 것이 특징이다.

[**] 컴퓨터 수치 계산 자동화 기계.

정했다.

고무나무, 아카시아, 멀바우 등 여러 목재로 가구를 만들어 보며 어떤 나무가 좋을지 가늠해 보았다. 고민 끝에 자작나무 합판을 주목재로 쓰기로 결정했다. '접근성이 어려운 금액대는 아니면서 예쁘고 내구성이 좋을 것'이라는 조건에 가장 부합했기 때문이다. 자작나무 합판을 주목재로 정하니 기존에 주로 쓰던 대패나 끌 등의 수공구를 쓸만한 기회는 자주 없었다. 테이블쏘, 밴드쏘, 플런지쏘처럼 굉음을 내며 돌아가는 기계들이 존재감을 뽐냈다.

공방 오픈 후 초반에는 이 기계들과 톱을 이용해 가구 제작의 처음부터 끝까지 모든 공정을 다 했다. 그런데 만드는 이는 나 혼자이니, 생산성은 주문량을 전혀 따라가지 못했고, 주문이 밀리면 주문 창을 닫아 가며 운영해야 했다. 그러자 적자가 났다. 그리고 이때 무리한 야간 작업을 하다 손가락 사고가 나기도 했다. 이대론 안 되겠다는 고민이 깊어질 무렵 '비스트럭치'리는

테이블쏘, 밴드쏘, 플런지쏘처럼
굉음을 내며 돌아가는 기계들이 존재감을 뽐냈다.

다양한 물성의 재료를 이용해 가구를 만드는 이웃 공방 사장님이 놀러 오셨다. 먼저 이 길을 걷고 있는 선배이기도 한 그는 우리의 작업 환경을 쓱 보더니 말했다. "CNC를 알아보세요. 이렇게는 안 될 것 같은데……."

그게 뭐지? 처음 들어 본 단어인지라 이것저것 알아보니 컴퓨터로 입력하면 모양 대로 재단을 해 주는 기계였다. 재단 과정은 힘이 들고 위험한 단순 반복 작업이었던 터라 CNC 업체에 맡겨 보기로 했다. 그런데 생각보다 너무 간단하게, 원형의 모양도 깔끔하게 재난이 되어 왔다! 이런 신세계가 있나. 마치 말하는 대로 자동 타이핑 해 주는 그런 기계를 만난 느낌이었다. 하지만 이렇게 좋은 기계인 만큼 역시 사용 금액이 만만치 않았다. 그래서 속도를 좀 낼 수 있는 부분은 기존대로 내가 작업하고, 시간을 많이 줄일 수 있는 작업만 맡기는 방향으로 했다.

생산 속도가 훨씬 나아졌다. 그렇게 1년 정도 지났을까. 늘어나는 주문량만큼 CNC 외주 비용이 차지하는 비율이 너무 커져서 고민이었다. 멀리 부면 CNC 기계를 장만하는 게 나을 텐데…… 하지만 CNC 기계는 오천만 원이 넘는, 지금까지 내가 쓰던 기계들과는 차원이 다른 어마어마한 녀석이었다. 그리고 기계만 있다고되는 것이 아니었다. 모든 도면 작업을 CNC가 인식할수 있는 입력값으로 바꾸는 기술이 필요했다.

"유진아, CNC 도면 작업 배워 놓자." 고민 끝에 컴퓨터 툴 작업과 수치에 능한 유진에게 말했다. "네, 언니." 더 묻지도 않고 알겠다는 녀석. 좋아. 언니가 기계를 구해 올게!

중고 기기부터 할부, 기기 대출까지 구할 수 있는 방법이란 방법은 다 찾아보았다. 은행 대출 코너에 가면한없이 작아지는 나를 만났고, 나는 그렇게 점점 작아졌다. 점이 되어 없어질 때쯤이었다. 정부 지원 제도들도 틈틈이 알아보던 중 '스마트 공방 사업'이라는 제목이 확 눈에 들어왔다. 보통 제조 공장 지원, 기술력 지원 등 규모가 있거나 IT 기술이 있는 중소기업에만 지원 제도가 많았기에, '공방'이라는 단어가 너무 반기웠다. 지원 사업을 상세히 살펴보니 CNC 기계 구매 비용의 최소 절반은 지원받을 수 있었다. 하지만 기본 조건이나 선발 과정이 아주 까다로웠다. 밤낮으로 자료들을 찾고 50장 분량의 보고서를 만들어 제출했다. 1차 서류, 통과! 장기, 중기, 단기 계획은 물론 카밍 멤버들의 우수한 기술을 어필해 가며 사업 관련자 세 분 앞에서 PPT 발표를 하고 질문에 답하는 2차 면접, 통과! 공방에 직접 찾아와 둘러보고 대표자와 일대일 면접을 한 3차, 통과! 모든 과정을 통과하고 나니 그렇게 기쁠 수가 없었다.

모아 둔 돈과 지원을 통해 그렇게 오천만 원짜리 기계가 공방에 들어오게 되었다. 몇 시간씩 걸리던 반복 작업이 몇십 분 만에 끝나는 것을 눈앞에서 목격했다. 진짜 로봇이 가구를 다 만들어 주는 날도 머지않았겠구나. 이 업을 계속할 수 있는 걸까. 놀라움이 걱정으로 바뀌려다가 말았다.

'흥, 그들은 따뜻함과 정성을 넣을 수 없다고!'

요즘은 AI 아이돌이 데뷔하고, 챗GPT에 몇 가지만 입력하면 글도 써 주고 영상도 만들어 주는 세상이다. 그렇다고 그들의 결과물이 밤늦게까지 연습하던 연습생의 땀방울과, 같은 말도 다르게 표현하기 위한 작가들의 고뇌와는 결코 치환될 수 없을 것이다. 오히려 시간이 흐를 수록, 그 다름이 더 도드라지게 드러나게 되지 않을까?

4장

⋮

마음을 포개며 일하는 사람

몸으로 하는 일

　규모가 작은 회사일수록 한 사람이 해야 하는 일의 종류는 많아진다. 대기업에서는 세부적으로 나뉜 업무를 주로 맡고, 중소기업에서는 그보다 여러 가지의 업무를 동시에 맡게 된다. 하물며 '소소소소'상공인은 모든 과목이 한 권으로 집필된 두꺼운 전과처럼 대부분의 일들을 직접 처리해야 한다. 디자인, 브랜딩, 마케팅, 세무, 물품 발주, 고객 상담, 제작, 배송, 폐목재 처리 등 몸이 열 개라노 보자란다는 말이 천 번 맞다.

많은 일을 하지만, 가구를 만든다고 하면 보통 "몸으로 하는 일이라 힘드시겠어요"란 말을 가장 처음에 듣는다. 그런데 또 이 말도 사실이다. 많은 업무가 있지만 결국 가장 많은 시간과 공을 들이는 것은 가구 제작 일이다.

그중에서도 업계에서는 '목공의 8할은 샌딩이다'라는 말이 있을 정도로 샌딩은 가장 기본이자 많은 품을 할애해야 하는 작업이다. 지인들의 부탁으로 두 번의 클래스를 진행한 적이 있는데, 처음 샌딩기를 접한 이들은 멋대로 돌아가는 기계에 당황하며 팔이 너무 아프다는 이야기를 했다. 운동을 안 하다 하면 안 쓰던 근육들이 사용되어 뻐근하게 아프듯이, 샌딩도 전완근에 근육이 붙기까지 꽤 오랜 시간 근육통을 견뎌야 한다.

조립 작업에서도 수백 번의 두드림이 필요하다. 치수를 정확히 재고 재단 작업을 오차 없이 진행해도 근본 물성이 나무이기 때문에 휜다든가, 습기를 머금어 조금

불어나는 등 오차와 단차가 생긴다. 그렇다고 힘으로만 박으면 나무는 깨져 버린다. 차분히 확인하며 적당히 힘 조절을 해 여러 번 조금씩 두드리며 맞춰 가야 한다. 맞춰진 조합은 접착 면이 잘 붙도록 클램프로 조여 고정하는 작업을 한다.

이렇게 하루 종일 제작 일을 하고 건강 앱의 걸음 수를 보면 하루 평균 만 보가 찍힌다. 공방 안에서만 움직이는 걸음 수인데도 꽤 많다. 밥을 먹는 시간 외에는 서 있기 때문에 체력이 많이 요구된다. 처음 3년 차 정도까지는 그래도 퇴근 후에 스트레칭을 하고 아침 요가로 몸을 풀어 주면 견딜 만은 했다. 그러다 점점 손목 마사지기, 어깨 마사지기 등 각종 마사지 기구들이 늘어나기 시작했고 4년 차에 접어들면서는 주 1~2회 한의원에 가서 벌겋게 부항을 뜨고 침을 맞아야 했다. 나중에는 어떻게 해도 풀릴 생각이 없이 단단하게 뭉쳐 버린 근육들에 파스를 덕지덕지 붙여도 매일 밤 통증으로 잠을 못 이루는 정도에 이르렀다. 그러다 이슬아 작가님

의 책에서 딱 마침맞은 문장을 만났다. 유진목 시인이
말했다. "젊다는 건 내게 허리와 목과 무릎이 있다는 걸
잊고 사는 거라고."(《끝내주는 인생》, 디플롯) 캬. 아직 젊
은데 허리도 목도 무릎도 너무 어디 있는지 알겠는 때
가 오고서야 크게 느꼈다.

　'노동과 운동은 다르구나.'

　하루 종일 몸을 쓰는 일을 하니 별도의 운동까지 필
요하다는 생각을 하지 않았다. 아니, 사실 운동을 하
려 해도 할 만한 힘이 남아있지 않았다는 게 더 정확하
겠다. 하지만 이 일을 계속하려면 체력을 길러야 했다.
그래서 운동을 시작했다. 호수를 두고 헬스장에 가는
것은 마음이 편치 않아 석 달씩 교대로 한 사람은 헬스
장에, 한 사람은 집에서 운동을 한다. 운동을 해야 몸
이 가벼워지고 힘이 생긴다는 느낌은 해 봐야만 안다.
몸이 따라 주어야 일도 할 수 있다는 말은, 마치 좋은
재료로 요리해야 맛있는 요리가 탄생한다는 것처럼 당
연한 말이지만 여러 핑곗거리와 힘들게 일했다는 보상

운동을 해야 몸이 가벼워지고
힘이 생긴다는 느낌은 해 봐야만 안다.

심리로 모른 체 했었다.

무조건 체력이다. 일의 근원은 체력에서 나온다. 막둥이에게도 지금이야 괜찮지 조금 지나면 진짜 힘들어진다는 잔소리를 몇 번 했는데 알겠다고 대답만 하던 그녀는 일한 지 일 년이 지나자, 집에서 처음 유튜브를 틀고 홈트를 해 봤다고 수줍게 고백했다. 그 모습이 어찌나 귀여운지. 그렇게 지금은 막둥이와 매일 아침 출근 전 헬스장에서 만나게 되었다.

몸으로 하는 일이 따로 정해진 것이 아니라 사실 모든 일은 몸으로 하는 일이라는 걸. 몸을 사랑하고 아껴주고 계속 보살피며 신경 써야 일을 즐겁게 하며 살 수 있다는 것을 알았다. 그렇다. 마음가짐보다 몸가짐이 시작이다.

머리로 하는 일

사무실에서 업무를 하고 있을 때 바깥에 있는 작업실에서 '이 소리'가 들려오면 심장 박동이 빨라지고 눈앞이 하얘진다.

"어?!"

언니가 조립하다가 뭔가 맞지 않는 부분이 있거나 막둥이가 마감하다가 어떤 파트가 없을 때처럼 일이 수월히 진행되지 못할 때 들리는 감탄사다.

우리가 제일 무서워하는 말이다. 어디선가 '어?!'가 들리면 순간 몸이 경직되고 곧 그쪽의 상황이 어떤지 미어캣처럼 온몸을 뻗치며 신경을 곤두세운다. (한때는 이 소리에 긴장을 많이 해서 '어?! 금지' 선언을 한 적도 있다.) 금세 다시 이어지는 소리가 "아~"이면 그제야 안도하고 하던 일을 마저 하게 된다. 하지만 기어이 "유진아!" 하고 이름이 불리면 깊은 호흡을 하고 그쪽으로 향한다. 내가 불린 건 보통 가구 구조를 잘못 짜서 조립에 어려움이 있거나 재단 가공에 문제가 있을 때다.

"어?!"

잠깐의 침묵으로 조마조마하던 찰나 들려오는 소리…… "유진아!"

어휴…….

잔뜩 긴장한 얼굴로 가 보니 조립 중이던 수납장의 중간판과 옆판이 맞물리지 않고 있었다. 구조가 잘못된 것이다. 별도로 맞춤 제작을 요청받았던 가구였다. 여러 번 검토했던 구조인데 뭐가 잘못되었을까. 잘못 생각했나, 기계가 잘못 인식했나. 그럴 리는 없지. 공간 지각 능력을 키울걸, 이과를 갔어야 했나. 절로 밀려드는 자책과 함께 떨리는 손으로 파일을 확인했다.

수납장의 왼쪽 옆판과 오른쪽 옆판의 모양이 데칼코마니처럼 반대가 되어야 하는데 똑같은 모양으로 자리하고 있었다. 왼쪽 옆판을 그대로 복사, 붙여넣기만 했던 것이다. '생각 없이 일하기'를 너무 싫어하는데 이런 실수를 해 버리다니. 비싼 목재를 버려야 하는 것도 너무 아까웠고, 무엇보다 애써 샌딩하고 마감하며 힘들게 작업했던 멤버들에게 너무 미안했다.

20대의 나는 내 실수로 다른 사람이 피해 입는 일을 견디지 못해서 과하게 무리했다. 혹시 실수를 하면 사과하고 차분히 풀면 될 일인데 조급함에 다른 실수로 이어진 적도 있었다. 돌이켜 보면 이러한 낮은 자존감과 조바심은 관계에 일, 심지어 나에게도 아무 도움이 되지 않았다. 그런 일들을 겪으면서 요즘은 생각이 바뀌었다. 실수는 언제든 할 수 있지만 반복하지 않기로 말이다.

물론 이 성장의 발판에는 괜찮다고 말해 주는 동료들이 있다. 언니는 "괜찮아"라고 이해해 주고, 막둥이는 "언니! 그럴 수도 있죠! 다시 같이 해요!"라고 격려해 준다. 멤버들에게 조심스레 말해 보았다. 도면 작업 할 때 내가 잘 안 보이는 부분이 있을 수 있는데 같이 봐 주겠냐고. 제작할 때 흐름을 끊기게 하고 싶지 않아 혼자 끙끙대며 알아서 해 왔던 일들이었지만 실수를 줄이기 위해 멤버들의 도움이 필요하다고. 멤버들은 역시 흔쾌히 하던 작업을 잠시 멈추고 컴퓨터 앞으로 와 주었다.

"이 테이블의 상판과 다리는 반턱 구조로 5mm 홈을 내어 연결하려고 다리를 5mm 길게 그려 봤어."

"아예 촉으로 연결해 보는 건 어때, 홀을 내서. 그래야 좀 더 튼튼하게 맞물리고, 조립할 때 수월할 것 같아."

"오, 알았어. 그럼 아예 15mm 길게 할게!"

상세한 수치와 구조까지 멤버들과 함께 의논한다. 시간이 더 걸리는 일이고 논의하기 위해 시간을 맞춰 모이게 하는 것이 조심스러웠지만, 이런 과정을 거치니 은혜도 '어?!(언니 이 파트 뭐에요?)'가 줄고, 언니의 '어?!(이거 안 맞는 것 같은데)'도 잘 들리지 않는다.

온전히 나만의 일이라는 것은 없다. 내가 프로그램을 다룰 줄 안다고 해서 나만 그 일을 할 수 있는 것이 아니다. 결국 좋은 가구를 잘 만들자는 목표를 함께 둔 우리의 일이다. 언니와 막둥이는 내가 그린 도면을 보고 놓친 부분을 찾아내고 더 나은 방향까지 제시해 주며 서로 배우고 있다.

비슷한 이유로 우리는 각자 무언가를 잘못했을 때, "이거 누가 했어?"라는 말을 절대 하지 않는다. 이건 언니가 사업을 하며 대표로서 가장 중요한 원칙으로 삼는 철칙이었다. 이미 없는 궁금증이고 결국 누군가의 책임으로 돌리는 질문이기 때문이다. 책임감이란, 잘못이 생긴 이후에 탓을 하는 것이 아니라 잘못이 생기지 않도록 하기 위해 갖는 마음이다. 잘못된 결과는 함께 바로잡으면 된다. 그리고 같은 잘못을 하지 않도록 공유하며 응원해 주면 된다. 나는 우리 멤버들로부터 배웠다. 머리로 하는 일도 결국 마음으로 하는 일이다.

언니는 인생 3회차

일드〈브러쉬 업 라이프〉를 보는데 어떤 장면에서 언니가 겹쳐 보였다. 인생을 여러 번 살게 된 주인공이 인생 3회차 때는 드라마 조연출을 직업으로 살게 됐는데 그녀의 업무 스타일이 언니와 닮아 있었다. '작은 시간 낭비를 하나씩 줄이는 수밖에 없다'라는 내레이션으로 시작하는 이 장면은 어떤 사정으로 정시에 퇴근해야 하는 주인공이 시간을 분 단위로 활용하는 것을 보여 준다. 업무 후 해야 하는 청소 시간을 일하는 중간중간 쉬는 타임에 끼워 두거나, 조명팀, 분장팀, 연출팀 등 스태프들이 일을 수월히 진행할 수 있도록 서포트를 한다. 으쌰으쌰 힘내는 분위기를 만드는 것도 필수다. 작가님, 언니의 일상을 어떻게 아셨던 거죠.

언니는 퇴근 시간을 꼭 지킨다. 초과 근무를 하게 되면 피로도가 쌓여 다음 날 작업에 영향을 끼친다는 이유에서다. 퇴근 시간을 지키려 하다 보니 그날 해야 할 일을 다음 날로 넘어가지 않도록 하기 위해 업무의 밀도가 높다. 언니와 함께 작업을 하면 혼자 있을 때보다 3배 더 빠른 속도로 가구가 완성된다. 출근 후 우린 거의 말도 하지 않고 묵묵히 자신의 할 일을 하는데 그 모습이 마치 잠영을 하는 것 같다. 잠영은 잠수로만 나아가는 수영 영법인데 호흡하는 시간조차 아낀 만큼 속도를 가장 빨리 낼 수 있는 방법이다. 점심시간 즈음에 가빠진 숨으로 첫마디를 뗀다.

"와, 숨도 안 쉬고 일한 것 같아."

점심은 늘 언니가 준비해 준다. 작업을 중간에 마치고 음식 준비를 하는 것이 생각보다 쉽지는 않다. 미안해서 내가 해 보려 했는데 일을 하다 보면 자꾸 욕심이 생겨 버려서 이것만 더 하고 차려야지 하다 점심시간이 늦춰지거나, 음식을 하는 시간이 아깝다고 여겨 대충 때울까 싶은 마음이 들게 된다. 하지만 언니는 우리를 위해 음식을 맛있게, 정성스레 차린다. 무거운 것을 드는 일보다 이런 일이 훨씬 어렵고 대단하다. 오래 공들여 차린 시간이 무색하게 순식간에 식사를 마치고 나면, 다음엔 좀 더 천천히 먹자고 서로 약속한다. 설거지까지 끝내고 30분도 채 지나지 않아 우리는 바로 작업대로 향한다. "조금 쉬고 할까?" 언니가 말하면 막둥이는 "지금 쉬지 말고 제때 퇴근해요"라고 한다. 하여간 우리 중 가장 심한 일 중독자다. 다시 잠영이 시작된다.

언니 덕분에 일의 효율성이 얼마나 중요한지를 배웠다. 해야 할 일들을 잘개 쪼개 우선순위대로 배치하고, 힘을 덜 쓰는 일들은 일의 중간중간에 넣으며 쉴 틈을 주는 법도 알게 되었다. 간혹 상황이 뜻대로 흘러가지 않을 때가 생겨도 나는 이걸 어쩌나 걱정이 앞서고 마음이 불안해지는데, 언니는 진중하고 차분한 모습으로 해결 방안을 제안한다. 어떻게 그렇게 침착하냐고 물어보면 "이미 벌어진 일인데 뭐~ 그냥 하면 되지" 한다. 언니처럼 일하고 싶어서 언니의 하루 스케줄을 그대로 따라해 보았더니, 숨이 너무 차고 머리에도 과부하가 걸려 오후 1시부터 아무 것도 못하게 되었다. 같이 일하지만 매일 감탄한다. 언니 솔직히 말해 봐. 인생 3회차, 맞지?

톡토로 유니버스

제품 생산은 쉬워지고 홍보 채널은 수만 가지인 시대이다. '관련이 없는 광고임' 꾸욱. '너무 자주 표시됨' 꾸욱. 열심히 눌러 보지만 무섭게도 내 관심사를 금방 알아차리는 요 녀석은 이내 내가 요즘 가습기를 찾고 있다는 것을 알아내 온갖 종류의 가습기 광고를 선보인다. 너도나도 이 제품이 최고라고 이 제품만은 다르다고 말하는 광고들 속에서 늘 피로하다고 느꼈다. 그래서인지 그런 광고들 하고 싶지 않았다. '좋다고 느낀나면 알아주겠지' 하는 안일한 생각도 처음엔 했었다. 하지만 많은 사람이 알고 있어도 필요한 시기, 가구의 취향, 추구하는 브랜드의 가치까지 맞아떨어져 구매까지 이어지기란 절대 쉽지 않다는 것을 뒤늦게 깨달았다.

브랜드를 알고 있는 사람의 절대적 수가 부족해서는 업의 운영을 지속해 나가는 것에 어려움이 있었다. 뻔한 광고는 하고 싶지 않다는 고집과 알려야 한다는 책임감 사이에서 늘 고민이 많았었다. 후기와 입소문으로 조금씩 성장해 왔지만 무엇인가 한 방, 아니 반 방이라도 있어야 한 스텝 올라갈 수 있을 텐데, 하며 장기간 정체되어 있다는 것에 대한 불안감이 커졌다.

그러던 날이었다. 평소 유튜브보다 팟캐스트를 선호하는 나는 각종 듣는 콘텐츠들을 섭렵하고 있었는데 '여자 둘이 토크하고 있습니다'라는 눈길을 끄는 새로운 팟캐스트가 보였다. 첫 화 주제가 조립식 가족이었다. 여자 둘과 고양이 넷이라니 (이때에는《여자 둘이 살고 있습니다》라는 베스트 셀러를 몰랐었다.) 나와 비슷한 삶의 방식을 살고 있는 분들이 또 있구나! 설렘을 안고 재생했다. 차분한 목소리에 다정하고 분명한 화법, 양질의 내용으로 꽉 들어찬 이 콘텐츠를 듣자마자 유진에게 말했다.

"유진아, 들어 봐. 내 인생 팟캐스트를 찾은 것 같아."

그 뒤로 책을 사서 읽어 보고, 김하나 작가님이 진행하는 팟캐스트 '책읽아웃'부터 작가님들과 관련 있는 것들을 모조리 읽고 듣고 보기 시작했다.

어쩌다 친구들을 만나도 "넌 언제 결혼할 거야?" "애 생각해서 얼른 낳아야 돼. 진짜 체력이 안 된다" 같은 말을 들을 때마다, 매번 "그러게~ 언젠가 하겠지~" 식의 먼 산 대답을 하는 것도 지쳤던 시기였다. 그런 만남을 대체로 피하던 중에 새로운 질문들을 만났다.

'여기 새로운 형태의 가족이 있어. 그리고 너무 괜찮은 인생이 앞으로도 계속 있어. 사꾸 보여 주고 보이고

201

이야기하고 그렇게 알려야 해. 그래야 또 다른 누군가
의 든든한 발 받침이 되기도 하고, 세상이 더디게라도
맞추어 변해 가기도 하는 거야. …… 인생에서 중요한
건 음미체지. 세 가지를 늘 가까이하면 하루하루가 얼
마나 다른지 알아? …… 이런 멋진 날을 기록한 다큐멘
터리가 있어. …… 좋은 대화란 뭐라고 생각해?'

　한 회차 회차의 주제마다 테일러샵의 전문 재단사가
내 몸에 꼭 맞춘 편안하고 고급스러운 트레이닝복을 만
들어 주는 느낌이었다. 그렇게 매주 업로드되자마자 듣
던 어느 날, '여둘톡'에서 광고를 받겠다는 안내가 흘
러나왔다. 다만 무조건 광고하는 것이 아니라 정말 좋
다고 생각이 드는, 믿을 수 있는 곳만 신중하게 검토 후
진행하겠다는 말까지 덧붙이면서.
　내가 정말 좋아하는 팟캐스트이니 청취자분들의 결
도 비슷할 것이고, 좋다고 추천할 만한 것만 추천한다
고 하니 딱 원하던 광고 스타일이었다. 소모성 광고가
아닌 진정성 광고라면 바로 이 방법이야! 가슴이 두근

대고 잠이 오지 않았다. 거실로 나와 노트북을 켜고 이메일을 쓰기 시작했다. 글만으로 우리 브랜드를 느끼게 할 수 있을까. 마음이 전달될까. 여러 번 지웠다 고쳤다 한 끝에 소개 PPT를 만들어 보냈다. 잠 대신 벅차오름이 가득했던 그날 새벽을 잊을 수가 없다.

며칠 뒤에 온 황선우 작가님의 답 메일에 소리를 질렀다. 이후 공방에서 두 분 작가님과 미팅이 잡혔고 사실 그날은 너무 긴장해서 무슨 말을 했는지도 기억이 잘 나지 않는다. 꼼꼼하게 가구들을 살펴보시고 궁금한 것들을 문답하는 시간을 가졌다.

처음 광고가 나가던 날, 유진과 머리를 맞대고 숨죽여 재생을 눌렀다. 즐겨 듣던 팟캐스트에 좋아하는 작가님 두 분의 목소리로 카밍그라운드라는 단어가 언급되는 순간 울컥, 기분 좋은 눈물이 났다. 그렇게 여둘톡의 첫 번째 여둘 애드 사장이 되었다. 가구라는 특성상 그다음 날 드라마틱한 매출이 일어난 것은 아니지만 그래서 더 좋았다. 시간이 지닐수독 셉치 세고ㅇ 고객ㅂ

들이 유입되기 시작했고 "문제없게 잘 만들어 보내 주세요"라는 배송 메시지 대신 "톡토로에요. 응원합니다^^ 천천히 보내 주셔도 되니 조심히 작업하세요"라는 글이 보이기 시작했다. 직접 배송을 가면 쇼핑백에 과자와 두유, 귤 같은 간식거리를 한 아름 챙겨 주시며 "사실 톡토로에요" 하신다거나, 커피나 차 등을 마시고 가라고 하시며 "톡토로에요. 광고 나오자마자 기억해 두었다가 이사하면 가구들 사야지 했는데 드디어 그날이 되었네요" 하는 톡토로 고객들이 많아졌기 때문이다.

악성 댓글, 혐오, 사건, 학대, 구속 등 뉴스를 보다 보면 인간이라는 존재가 점점 싫어지기도 한다. 그런 마음이 드는 내가 두려워지는 요즘이다. 그뿐인가. 비대면을 선호하고, 키오스크로만 주문하는 세상이니 모르는 사람과 마주하고 눈을 맞추고 이야기를 나누는 순간도 줄어들었다. 인간의 온기를 느끼기 어려운 요즘, 유일하게 했던 광고를 통해 만난 톡토로라는 유니버스에서는 그 옛날 이웃집에서 한 소쿠리 떡을 담아 주시던 마음처럼 따뜻한 사람들의 정이 있었다.

이제 '여둘 애드 사장단'으로 모이게 된 전국 여성 대표들이 마흔여 명이다. 다들 자영업자다 보니, 업을 운영하면서 생기는 고민을 이야기하면 단번에 이해해 주고 '이런 방법을 썼더니 괜찮았어요~' 하는 팁도 공유한다. 각 분야의 전문가들이기 때문에 그 분야의 일이 필요할 때 제일 먼저 떠오르기도 한다. 우리는 자꾸 보이고 보여지고 이야기하려 한다. 그리고 이 좋은 나댐으로 더 단단해진다. 이 공고한 연대가 다른 사업을 시작한 누군가에게 또 든든한 울타리가 되리라 생각하니, 어깨가 으쓱 올라간다.

콜포비아

　배달앱 등장으로 가장 좋은 건 중국집에 직접 전화하지 않아도 된다는 점이다. 벨소리든 진동이든 전화 오는 소리를 듣고 스팸이어도 심장이 벌렁거리는, 일로 하는 전화여도 받지 않고 메일과 문자로 미뤄 버리는, 오죽하면 직접 만나서 대화하는 게 전화에 비하면 훨씬 나은, 그런 사람이 나였다.

　가구 만드는 일로 창업하면 가구만 만들면 되는 줄 알았다. 그런데 생각보다 문의 전화가 많이 온다. 지금 생각해 보면 책임감 부족인데 초기에는 제작 일을 핑계로, 소음을 핑계로 통화는 미룰 수 있을 만큼 미뤘다. 그만큼 전화가 무서웠다.

언니가 손가락을 다치고 한 달간 입원해 있던 시기. 당시에 제작 일을 할 줄 몰랐던 나는 주문 주신 분들께 사정을 말씀드리고 양해를 구하는 연락을 해야 했다. 폰에 번호를 입력하기까지도 얼마나 떨렸는지 모른다. 긴장의 이유를 찾아보니 크게 두 가지였는데 '사정을 안 봐주고 화를 내시면 어떡하지'와 '질문을 하셨는데 내가 엉뚱한 대답을 하면 어떡하지'를 끊임없이 반복하며 걱정하고 있었다. 언니는 통화가 너무 긴장되면 면접처럼 예상 질문을 고려해서 대본을 작성해 보라고 했다.

'따르르르릉~' 신호음이 들릴 때부터 심장이 두근거리기 시작한다. '제발 받지 말아 주세요' '음성사서함으로 넘어가라' '운전 중이시길…….' 이런 바람과 달리 전화를 받는 소리가 난다. 빨리 빗어나고 싶니는 생각에 대본에 적힌 대로 숨도 안 쉬고 말한다. 옆에 있던 언니가 차분히 천천히 말하라는 제스처를 취한다. 떨리는 목소리로 속도를 조금 늦추며 사정을 말한다.

숨 쉴 틈 없이 전달한 탓에 고객분도 미처 대답을 못하는 듯했다. 그런 분위기에 다시 멘붕이 와서 눈동자가 마구 흔들렸고, 과할 정도로 죄송하다는 표현을 많이 하게 됐다. 고객분께 겨우 말할 타이밍이 가자 이렇게 말씀하셨다.

"괜찮으세요? 천천히 하셔도 돼요."

도리어 언니의 부상을 걱정하며 가구는 언제든 괜찮으니 천천히 제작해 보내 달라고 하셨다. 그 말을 듣자마자 눈물이 왈칵 쏟아졌다.

언니의 사고로 몸과 마음이 많이 약해져 있어서일까, 고객분의 따뜻한 말씀에 뜨겁고 뭉클한 감정들이 마구 넘쳐 흘러나왔다. 그분의 목소리와 말투 그리고 진심이 담긴 염려와 이해는 여전히 가슴에 따스하게 남아 있다. 그때 처음으로 콜포비아라는 단어에서 멀어질 수도 있겠다고 생각했다.

포비아는 한 번에 사라지는 반응은 아니다. 하지만 통화를 할수록 내가 하는 말들이 신기하게도 조금씩 깔끔해지게 되었다. 상대방이 질문하면 바로 대답하지 않아도 된다는 것을 깨달았고, 내가 미리 걱정했던 일들은 대부분 일어나질 않는다는 것을 경험으로 배우며 서서히 괜찮아졌다. 무엇보다 우리 가구를 주문하신 분들께서 꾸준히 다시 전화해 주문해 주시고 (생각보다 웹사이트를 통해 주문하시기 어려운 분들이 많다.) 다정하게 격려의 말씀을 전해 주실 때의 감사한 마음이 차곡차곡 쌓이니 지금은 오히려 전화가 편할 때도 생겼다. 콜포비아가 완전히 사라지진 않았어도, 배송 때 고객분들을 만나고 싶은 마음처럼 목소리로 전하고 싶은 어떤 마음이 생겼다.

반려견 가구

세상에는 정말 여러 종류의 사랑이 있다. 범위도 대상도 방법도 크기도 모두 다른 아주 많은 사랑이. 이 모든 사랑들을 하나씩 지워 나가다 가장 본질적인 사랑만 남게 된다면 마지막으로 남을 하나의 사랑은 반려견의 보호자에 대한 사랑일 것이라는 말을 들은 적이 있다. 인간이 아니기에 할 수 있는 순도 100%의 무조건적인 사랑.

지금까지의 내 삶은 호수를 만나기 전과 후로 나뉜다. 우연히 품 안에 그 작은 존재를 안게 된 후로 발뼈가 조각조각 부서져 수술을 하지 않으면 한쪽 다리는 쓸 수 없다는 말을 듣고, 수술비 천만 원에 대한 어떤 생각도 들지 않았다. 이름도 호수라 지었다. 튼튼한 네 발로 호수공원을 뛰놀며 산책하기를 바라는 마음에서.

　한 달에 너덧 번씩 영화관에 가던 영화광이었는데 이제는 1년에 한 번, 신중하게 고른 영화 한 편을 본다. 식당의 모든 음식은 포장하고 '애견 동반 가능'이란 글자를 보면 저장부터 한다. 호수가 걷는 땅을 보며 함께 걷다 보니 길가에 담배꽁초와 가래침이 이렇게나 많다는 걸 알게 되었다. 길냥이들에게 아낌없이 사료와 간식을 내어 주는 마음을 갖게 되었다. 뉴스에서 동물 학대 기사가 나오면 나에게 이 정도의 분노가 있었나 싶을 정도로 화가 난다. 고기 킬러였는데 고기 먹는 횟수도 아주 많이 줄었다.

　호수를 가만히 바라보면 웃음과 눈물이 깊이 날 때기

많다. 정성을 다해 반려동물을 보호하는 모습을 보면 잘 모르는 사람이라도 저 사람은 좋은 사람이라고 생각하게 되었다. 최선을 다하고 또 다해도 그저 미안한 일만 생각날 것 같아 미래가 이렇게 두려워 본 적은 처음이다. 나에게 단 하나의 소원을 들어줄 테니 말하라고 하면 1초도 망설이지 않고 호수가 아플 때 아프다고 말할 수 있게 해 달라는 것이다.

하찮은 짖는 소리, 어린 적 술을 잔뜩 마신 아버지를 능가하는 코골이, 처음 만난 사람이 이상형, 스스로 강아지보다는 사람에 가깝다고 생각함, 큰 개에 약하고 작은 개에 강한 치사함, 늦잠 자는 꼴은 못 봐서 얼굴을 온몸으로 덮어 깨움, 술 냄새를 싫어함, 목욕 후에 주는 무염 치즈 때문에 드라이를 꾹 참음, 날아가는 새를 가장 동경함, 바닷가는 바다가 아니라 모래사장이 좋아서 감, 아무리 작게 속삭여도 본인 귀엽다는 말은 귀신같이 들음, 24시간 중 20시간은 혀를 내밀고 있음, 창밖을 멍하게 바라보는 걸 좋아함, 본인이 한 쉬라도 실수로 밟는 것을 싫어하는 깔끔함, 등산을 좋아하지만 금방 지침, 나뭇가지가 앞에 떨어져 있으면 밟지 않고 뱅돌아서 가는 소심함, 갓 빨래한 냄새를 좋아함, 택배 뜯을 때 같이 설레는 스타일, 산책보다 집에 손님이 오는 걸 더 좋아함, 영화 〈첨밀밀〉 OST '월량대표아적심' 노래 중간에 나오는 휘파람 소리에 늘 고개를 갸우뚱하며 귀 기울임, 몸이 좋지 않으면 구석에 들어가 한껏 웅크리고 있음, 세상에서 발톱 깎는 게 제일 싫지만 버둥거림이 하찮아 결국 깎이고 맘, 가슴줄을 손에서 놓으면 그대로 굳어 버림, 스스로 잘 잡고 먹던 껌도 이모가 오면 잡아 달라고 어리광을 피움, 배송 길을 위한 짐을 싸면 먼저 가방에 쏙 들어감, 하루에도 천만번씩 귀엽고 사랑스러움.

이런 호수 덕분에 카밍그라운드라는 새로운 업도 시작되었다. 호수를 위한 사료, 간식, 영양제 들도 꽤 만만치 않은 양이라 한편에 정리해 둘 곳이 필요했기 때문이다. 처음 만는 가구는 호수를 위안 간식, 냉냉세글

넣어 둘 '미니 곳간'이었다. 그리고는 자꾸 테이블 밑이나 의자 밑에 들어가는 모습을 보고 위가 막혀있되 답답하지 않도록 창문을 내고 리넨 천을 두른 '스테이 하우스'를 만들었다. 반려견 가구 디자인의 출발이 호수이고, 첫 사용 고객도 호수이기 때문에 나쁜 물질이 조금이라도 들어가 있다면 아무리 좋은 성능을 가졌어도 배제했다. 그렇게 옷걸이, 배변 패드 함 그리고 메모리얼 함(추모함)까지 반려견 가구들이 만들어졌다. 메모리얼 함 주문이 들어오면 마음을 담아 엽서를 써서 함께 보내는데, 그것을 받은 분들이 올려 주시는 후기를

보면 또 울음바다다. 아무리 반복해 생각하고 겪어도 결코 단단해지거나 나아지지 못하는 부분이다.

매일 호수에게 꼭 사랑한다고 말한다. 그리고 영어로 아이 러브 유라고도 말한다. 아주 나중에 무지개다리 건너 그 세상에서도 혹시나 영어가 공용어면 어쩌나 싶어서다.

호수에게

우리 공방 만년 사원.

일은 하나도 하지 않지만

귀여움으로 열일 중이라

승진은 못 해도 용케 잘리지 않고 재직 중.

포메인 줄 알고 입양된 곳에서

믹스견 같다고 파양되었던

페키니즈와 장모 치와와 사이 어딘가에 있는

유진

우리 공방 만년 사원.

일은 하나도 하지 않지만

귀여움으로 열일 중.

세상에 하나뿐인 소중한 아이.

한 살도 채 되지 않아 다리뼈가 부러져
큰 수술을 받았지만 씩씩하게 이겨 낸 외유내강 스타일.

공방에서는 자신과 잘 놀아 주지 않아서
출근만 하면 입이 삐쭉 나와 있음.

호수야 이쯤 되면 샌딩은 할 수 있지 않니.
아냐 넌 귀여움만으로 열일 하니까 괜찮아.

가구 촬영하려 하면 꼭 렌즈 앞에 걸어와 앉아서
자연스럽게 모델이 되어 주는 우리 전속 모델.

촬영이 끝났다고 말해도
천연덕스럽게 꿋꿋이 자리를 지키는
우리 강아지 호수.

도움을 청하는 일을 두려워 말자

예전에는 모든 걸 잘하려 했다. 아니, 잘하는 것이 아니라 다른 사람들 눈에 그럴듯하게 보일 정도로만 잘하고자 했다는 것이 더 정확하겠다. 다른 사람에게 도움을 청하는 것은 곧 폐를 끼치는 것이라 생각했고 폐를 끼치는 것을 몸서리치게 싫어했다. 특히 나는 숫자를 보면 머리가 어디 저쪽 방에 가서 문을 쾅 닫아 버린 느낌이 드는데 학창 시절 《수학의 정석》 책 집합 부분만 까맣게 너덜너덜했던 전형적인 수포자인 탓이다. 회사에 다닐 때는 엑셀을 잘하는 사람에게 도움을 청하는, 내 기준에서 엄청난 그런 폐를 끼칠 수는 없었기 때문에 1시간이면 끝낼 일을 8시간씩 걸려 하기도 했다. 물론 느리더라도 무엇인가 도전해 보고 해내는 것도 중요하지만, 업을 하면서는 정해진 시간 내에 각자가 잘하는 일들을 수월하게 처리하는 융통성이 더 중요한 경우가 많았다.

처음 가구 제작 일을 배우면서도 '혼자' 일을 하는 것에 익숙했다. 나무를 자르고 다듬어 나가는 과정은 굳이 별다른 말이 필요하지 않고, 정해진 수치와 작업 순서대로 차분히 해 나가면 되기 때문이다. 혼자서 갈고 닦고 잘라 내며 무엇인가를 만들어 낸다는 매력에 푹 빠졌다. 하지만 취미가 아닌 현실적인 '업'으로서의 가구 제작은 달랐다. 가구 하나를 만드는 일이 아닌 가구를 디자인하고 제작해 판매하기 위한 수많은 제반 작업이 필요했다. 톱니바퀴처럼 맞아떨어지며 진행되기 때문에 작업 중 어느 한 부분에라도 문제가 생기면 톱니바퀴는 멈추게 된다.

톱니바퀴가 혼자 돌아가기는 어렵지만 여럿이 함께라면 쉬워지듯, 그렇게 지금 우리 팀은 제법 잘 돌아가는 톱니바퀴가 되었다. 계산서를 발행할 때면 입력한 숫자가 못 미더워 화면 속 숫자를 노려보고 눈을 크게 뜨고 보고 고개를 뒤로 돌렸다 확 돌려 다시 보기를 여러 번째. 그런데도 불안해 엔터키를 칠 수 없는 나에 비해 유진은 학창 시절 수학 문제를 풀어 답을 맞혔을 때의 쾌감을 잘 알고 있는 친구이고, 엑셀 아이콘을 자신 있게 더블 클릭했다. 유진이 원장에서 패치, 옹이 위치를 확인하는 목재 상태 체크에서 놓치는 부분은 막둥이가 귀신같이 찾아냈다. 막내가 가구를 조립하면서 유독 자신 없어 하는 손잡이 달기는 내가 한번에 착 단 다음 한쪽 입꼬리를 쌜룩 올리며 윙크를 날린다. 막둥이는 그런 내 표정이 싫다고 말하면서도 쌍 엄지를 펴고 활짝 웃고 있다.

욕심부려 혼자 목재를 들면 다치기 쉽기에, 양쪽에서 맞잡아 배와 허벅지에 단단하게 힘을 주어 옮겨야 한

다. 우리는 트럭에 가구를 상차할 때는 물론 상차 후에
도 양쪽에 서서 강력바를 주거니 받거니 하며 단단하게
고정시킨다. 높은 곳을 무서워하는 막둥이는 아래에서
상자 묶음을 올려 주고 다른 이는 사다리 위에 올라서
서 차곡차곡 쌓는다.

아주 단순하다. 잘하는 사람이 잘하는 일을 하면 된
다. 내 부족한 점이나 단점을 메꾸고 감추기 위해 노력
하는 시간에 각자가 잘하는 일을 맡아 하고 그것에 서
로 감사하면 된다. 못하는 것을 자신 있게 이야기하고
도와 달라고 할 수 있는 팀이 있어 든든하다.

사소한 일부터 큰일까지 각자가 가지고 있는 모두 다
른 모양의 톱니바퀴를 잘 맞물려 돌아가게 한다. 도움
을 청하는 것은 폐를 끼치는 게 아니라 나도 도움을 줄
수 있는 부분이 있음을 아는 것이다. 내가 이 업을 하면
서 가장 크게 달라진 태도이다.

도움을 청하는 일을 두려워 말자.

일희일비하는 마음

  나라에서 진행하는 소상공인 관련 정책들이 많이 있다. 물론 조건과 심사가 매우 까다롭지만, 큰 규모의 자본이 없는 소상공인에게는 더없이 좋은 기회다. 두 번 정도 참여한 적이 있는데 중년의 남성 위원분들이 공방을 직접 방문해 실사도 하고 인터뷰도 한다. 처음에는 정중하게 '대표님, 대표님' 하던 분들도 대화하다 보면 어느새 편해지셨는지 '젊은 친구가 열심히 사는 게 기특해서 해 주는 말인데……'로 시작해 '성상하시 않는 사업은 의미가 없다, 이 정도에서 만족하려고 회사 나와서 사업하는 것은 아니지 않느냐, 대량으로 물량을 받아야 돈이 되는 것이다, 대량으로 납품할 곳을 찾아라' 등의 이야기를 한다.

그 마음을 이해 못하는 것은 아니다. 나도 나보다 어린 친구가 무엇인가 열심히 해 보려고 사부작거리는 모습을 보면 나의 경험을 빗대어 뭐라도 이야기해 주고픈 마음이 들기 때문이다. 지인들도 말을 보탠다. '배송을 직접 다니는 건 효율성이 너무 떨어지는 것 아니냐, 아는 분은 침대에 뭘 달아 대박이 났다더라' 등…… 생각해서 가볍게 던지는 말들이다.

지인들의 말도 말이지만 무엇보다 일희일비의 가장 큰 부분을 차지하는 것은 고객의 말이다. 회사를 다닐 때에는 거래처나 누군가에게 조금 싫은 소리를 듣더라도 그것이 큰 상처가 되지는 않았다. 하지만 내 일을 시작한 후 내가 하는 업에 대한 불만이나 평가는 곧 나에 대한 직접적인 비난이나 질책으로 느껴지게 되었다.

물론 연예인의 팬은 연예인의 성향과 비슷한 경우가 많고, 반려견과 보호자가 섞여 있어도 단번에 어느 보호자의 반려견인지 매칭이 가능하다는 수의사의 말처럼 어떤 브랜드와 그 브랜드를 좋아하고 구매하는 분들 또한 결이 비슷한지라 따뜻하고 다정하게 말씀해 주시는 분들이 대부분이다. 하지만 우리가 만든 가구가 모두의 마음에 들 수는 없는 것이고, 생각했던 느낌의 가구가 아닐 수 있다는 것을 머리로는 충분히 이해하면서도 나쁜 평가를 들을 때는 상처 받는다. 공방이 생각처럼 잘 되고 있고 멤버들에게 기쁜 마음으로 월급을 줄 수 있는 때에는 가볍게 넘길 수 있는 이야기들이, 주문이 잘 들어오지 않거나 나가야 할 돈들이 너무 많을 때, 스스로가 약해져 있을 때는 가볍게 넘어가지 않는다. 받아들일 이야기는 받아들이고 아니면 넘겨도 되는 것들이 구분되지 않고 뭉텅이로 한데 엉켜 쌓인다. 내가 정말 잘못하고 있는 것일까? 어쨌든 사업이란 수익성이 가장 우선인데, 브랜드의 자존심만 내세우고 있는 것은 아닐까? 비효율적인 것을 굳이 고집

하고 있는 것 아닐까? 하는 생각들이 끝도 없이 꼬리를 물고 늘어진다.

결국 중요한 것은 '나' 자신이 중심을 잡는 것이라는 걸 모르는 사람이 어디 있겠느냐마는 현실 속에서 그것이 지켜지기가 쉽지 않다. 때로 약해질 때에는 흔들리더라도 넘어가지 않는 나의 뿌리가 있어야 한다. 내가 하고 있는 방법이 다 옳다는 것은 아니다. 분명 더 효율적이고 좋은 방법이 있을 것이다. 그들의 조언을 듣고 최선을 다한다면 돈방석에 오를지도 모른다. 하지만 내가 선택했고, 하고 있는 방법들이 옳다고 믿고 그렇게 만들어야 한다. 어차피 완전한 정답이란 없다. 스스로가 믿고 선택한 바를 지켜 나가는 일이 전부다. 큰돈을 벌기 위해 사업을 시작한 게 아니니까, 내 일에 내가 온전히 주체가 되고 싶었던 것이니까. 그리고 그 테두리 안에 있는 멤버들만큼은 지켜야 한다는 책임감이 있으니까.

느리게, 완만하게, 오래오래 가보자. 찰나의 평가와 잠깐의 말들에 흔들리지 말자.

나무를 깎는 시간

한 뼘 정도의 조각칼 하나면 언제 어디서나 할 수 있다는 것이 우드 카빙의 큰 매력이다. 가구를 제작해서 판매하는 업을 하고 있지만 나무를 만지고 깎고 다듬는 시간이 좋아 시작한 취미다. 업으로만 나무를 대하고 싶지 않은 마음이랄까.

여행을 가거나 쉴 때에 종종 우드 카빙의 시간을 갖는다. 서걱서걱 나만의 리듬으로 나무를 깎아 나갈 때면 이번 달 매출에 대한 근심도, 날마다 오르는 자잿

값에 대한 걱정도 나무 톱밥과 함께 날아간다. 가구는 1mm의 오차도 허용하지 않는 날이 선 작업이지만, 우드 카빙은 정해진 수치가 없다. 두꺼우면 두꺼운 대로 얇으면 얇은 대로의 매력이 있다. 둔탁한 나무토막은 스푼, 포크, 버터나이프, 때로는 무엇이라 정의하기 어려운 아기자기한 목각인형이 되기도 한다. 밥숟가락을 만드려고 시작했지만, 생각보다 많이 깎이면 티스푼으로 바꿔 버리면 그만이다. (그런 경우가 잦다는 것이 조금 흠이라면 흠이지만.)

　

우드 카빙을 처음 접한 것은 원데이 클래스에서다. 조각칼을 어떻게 쥐는지도 모르고 힘도 제대로 쓸 줄 몰라 엉성한 손 모양을 한 채 잔뜩 힘을 주다 굳은살만 박였다. 몇 번의 수업을 통해 칼을 쥐는 법과 나무가 가지고 있는 결을 이해하고 방향과 각도를 선택해 힘을 주어야 한다는 것을 알았다. 관련 서적들을 사서 읽어보고, 집에서도 연습해 보면서 점점 몸에 잔뜩 들어갔던 힘이 빠지는 걸 느꼈다. 나무를 만지고 깎는 시간만큼 실력이 점점 늘었다.

  우드 카빙에서 가장 많이 만드는 것이 숟가락인데, 같은 밑그림을 보고 만들어도 기분이나 컨디션에 따라 묘하게 다른 숟가락으로 완성된다. 나무의 종류에 따라서도 다르다. 부드러워서 초보도 손쉽게 깎아 낼 수 있는 편백나무부터 목재가 단단해 시간은 더 오래 걸리지만 본연의 색이 참 매력적인 체리나무나 호두나무(월넛)까지 다양하다.

  목재를 고른 후에는 만들고 싶은 숟가락의 밑그림을 그린다. 옆으로 보았을 때의 라인도 그려 둔다. 나이프로 그려 둔 밑그림을 바탕으로 천천히 깎아 나간다. 스푼의 둥근 머리 부분과 손잡이 부분이 드러나도록 몸의 바깥 방향으로 작업한다. 엇결이라 나무가 뜯겨 나가듯이 깎일 경우는 나무를 반대로 돌려 순결로 다듬어 나간다. 숟가락 모양의 형체가 어느 정도 잡히면 머리 부분을 집중적으로 파내는 작업에 들어가는데 입으로 들

어가는 부분이라 생각보다 어렵다. 너무 얇게 파면 자
칫 한 번 더 조각칼을 대는 순간 '뻥' 하고 구멍이 나 버
릴 위험이 커지고, 조금만 두꺼우면 사용하기 불편하기
때문에 조금씩 신중하게 파 내야 한다.

　모양을 잡은 후에는 120방 또는 180방의 거친 사포
로 다듬고 그 후 220방, 320방, 400방의 결이 고운 순
서로 계속해서 연마한다. 부드럽게 연마가 마무리된 후
에는 호두 오일 등으로 도장 작업을 한 뒤 건조한다. 그
렇게 내가 깎아 만든 숟가락으로 갓 지은 밥을 먹으면
기분은 정말이지 끝내 준다. 손에 쥐었을 때의 나무 감
촉, 입에 들어갔다 나왔을 때의 감촉까지…… 편하게
막 쓰던 스테인리스 숟가락과는 다른 따듯함이 맴돈다.
반복해서 가구를 만드는 일에 지치면, 나무를 손으로
깎는 시간으로 치유되는 이 삶이 꽤 마음에 든다.

사(십)춘기

"하나의 브랜드를 이끄는 CEO인 거잖아요. CEO는 사업체에서 완전히 벗어나 단절된 채 생각하는 시간이 꼭 필요해요. 실무 안에 계속 있으면 보이지 않던 것들이나 잊고 있던 것들이 생각나고 더 좋은 방향으로 나아갈 수 있는 힘을 줄 거예요."

김하나, 황선우 작가님 두 분의 작업실에 가구를 배송하고 가진 저녁 식사에서 작가님들이 해 주신 말이다. 하마터면 울 뻔했다. 무엇이 나를 그렇게 불안하게 했을까?

　업력 5년 차, 서른 후반이 되면서 알 수 없는 우울감을 자주 느끼곤 했다. 나의 업이고, 브랜드이니 쉴 수 없는 것은 일종의 자영업자로서의 숙명이라고 생각했다. '생활의 달인' 같은 프로그램에서도 "이날 이때까지 가족 여행 한 번 못 가봤어요" "쉬면 뭐 해요, 나오면 다만 얼마라도 버는데"라고 숱한 전국의 사장님들이 얘기하지 않던가. 회사에 다닐 때는 '내 일이 아닌 것에 이렇게까지 해야 한다고?' 싶어 우울하더니 이젠 나의 일을 하는데도 이런 기분을 느끼다니. 정말 약해 빠졌다고 스스로를 밀어붙였다. 쉼이 필요하다고 느끼는 감정까지도 잘못되었다고 다그치기 시작하자 우울감은 티도 내지 못하고 한편에 응어리져 있었다.

　믿고 찾아 주시는 고객분들이 차곡차곡 쌓여 꽤 많아졌다 싶으니 열심히 고민한 디자인을 쉽게 모방하는 업체들도 많이 생겼고, 기계의 발전으로 복가÷ 제작의 진입장벽도 예전보다 많이 낮아졌다. 겉으로는 "괜찮아, 모방에도 따라 할 수 없는 디테일이 있고, 우리는 우리의 가치를 잘 전할 수 있도록 최선을 다하면 돼"라고 멤버들을 다독이며 쿨한 척했지만, 내심 불안감은 자꾸 쌓여 갔다. 신제품을 내야 해, 사진을 더 추가해야 할 것 같아, 이 워딩이 더 좋지 않을까? 자잿값이 올라도 금액을 올리는 것은 쉽지 않아. 하루에도 수십 가지의 고민과 선택지 사이에서 내리는 결정에 따라 무엇인가 다른 결과가 따라온다는 사실이 벅차게 느껴졌다. 또래 친구들의 삶과는 많이 다르다는 생각도 버릴 수 없었다. 대부분의 친구는 결혼을 했고 그들 중 또 대다수는 아이를 낳아 키우고 있다. 아이는 낳아야 하지 않을까? 아이를 위해서 너무 늦게 낳을 수는 없지 않나? 나중에 나이가 많이 들고 경제 활동이 힘들어지면 날 보살펴 주는 사람은 없겠지? 이런 식의 생각이 한번 들기 시작하면 거세게 휘몰아쳤다. 정신없이 앞만 보며 달려오다가 이런 생각이 들기 시작한 것이다. 사(십)춘기다.

작가님들께서도 비슷한 생각들을 하고 지나온 시기이며, 지금의 삶을 후회하지 않고 나이가 들수록 더 좋아진다는 말을 해 주셨다. 덧붙여 작가님 두 분 역시 잠깐의 팟캐스트 방학 기간에 대한 경험을 얘기해 주셨다.

"방학 기간을 가지면서 조회 수가 조금 낮아지고, 잊히지 않을까 하는 생각이 들지 않았던 건 아니지만, 다시 돌아왔을 때 어느 정도 기간이 지나면 금세 회복이 될 거라고 생각했어요. 방학을 보내고 오니 팟캐스트에 대한 마음도 더 애틋해지고 잘하고 싶은 마음이 커졌고요. 수인 씨도 지금껏 너무 잘해 왔으니 카밍그라운드의 고객들도 충분히 이해해 줄 거예요. 쌓아 온 신뢰가 있잖아요."

인생의 선배들이자, 지금의 내 나이를 지나온 언니들에게 조언을 듣고 나니 안개처럼 뿌옇던 마음이 확실해졌다. 밖에서 바라본 작가님들도 느낀 부분을 스스로는 잘 인지하지 못하고 있었다. 그랬다. 쉼이 필요했다.

회사에 다닐 때는 쉼이 필요하다는 사실을 그렇게 빨리 인지하고, 어떻게든 나의 휴식을 보장하기 위해 안간힘을 썼었다. 주말이 있었고, 연차가 있었다. 무엇보다 체력까지 있었다. 하지만 나의 회사를 시작하고 나니 주말도 연차도 없이 앞만 보는 경주마처럼 달리고 있었다. 옆도 보고 때로는 뒤도 보고 먼 앞도 보아야 하는데 말이다. 휴식에도 기술이 필요하다.

나의 몸과 마음이 건강해야 업도 할 수 있는 거라는 것을 당연히 알고 있지만, 그 조절을 잘히며 주춤하는 시기도 이겨 내고 강단 있게 쉴 수 있는 것은 생각보다 쉽지 않다. 그럴 수 있도록 노력하고 일부러 나를 떨어뜨려 놓는 배짱과 노력이 필요하다. 오래오래 일하기 위해, 1년에 한 번은 업과 단절된 나의 시간을 갖기로 했다.

무이, 비엔

고객에게 배송하는 가구 없이 어딘가를 향해 운전하
는 것은 참 오랜만이었다. 앞이 보이지 않을 정도로 비
가 내리치다 또 언제 그랬냐는 듯 갠 날이었다. 비가 오
면 오는 대로 개면 개는 대로 참 좋았다. 휴가라는 건
세상 만물이 예뻐 보이게 하는 힘이 있다. 휴식에도 기
술이 필요한 법이니, 기술 연마를 위해 절대적인 휴가
를 만들겠다 다짐하고 숙소부터 예약했다. 포항의 산골
마을, 해변과는 차로 20분 남짓 떨어진 조용한 동네었

다. 구불구불 좁은 길을 따라 올라가니 하얀 외관의 단정한 일자형 집 한 채가 눈에 들어왔다. 앞에는 신경 써서 가꾼 태가 나는 정원이 있었다.

안채와 별채가 정원을 공유하는 형태였다. 호스트 분과 한 공간에 머무르는 스테이는 처음이었다. 식당을 가도 맨 구석 자리를 선호하는 성격이라 마음 한구석이 불편했다. 하지만 성수기에 반려견 호수까지 숙박 가능한 곳은 많이 없었다. 호수가 편히 있을 수 있으면 되었지, 하는 생각으로 예약했는데 막상 눈앞에 맞닥뜨린 숙소를 보자 두려워졌다. 하지만 나는 사회화된 내향인 아니던가! 이런 생각이 절대 티 나지 않게 호스트분과 간단히 인사를 나누고 숙소에 짐을 풀었다.

사흘이란 시간을 온전히 비워 보긴 처음이었다. 쉬는 법을 잘 모르는 사람답게 잘 쉬어야 한다는 생각으로 바리바리 뭔가를 싸 들고 왔다. 책, 체스, 인센스, 디자인 수첩, 우드 카빙, 캔맥주까지…… 차곡차곡 정리했다. 처음 와 보는 동네를 스마트폰 지도를 켜지 않고 발 닿는대로 걷는 것도 오랜만이었다. 시원하게 뻥 뚫린 논과 나무로 우거진 저수지가 보이고, 뒤로는 산이 병풍처럼 둘러져 있었다.

좋다…… 맨날 논을 보며 샌딩하는데 또 그런 곳으로 쉬러 가냐며 놀림도 받았다. 하지만 매일 보던 논과 여행지의 논은 달랐다. 여행 자체가 주는, 낯선 곳이 주는 편안함이 있다. 길냥이들과 눈인사도 하고, 버려진 폐가들을 둘러보기도 했다. 돌아와 저녁을 먹고 맥주 한잔하는데 열어 둔 문으로 호스트분과 눈이 딱 마주쳤다.

"맥주 드시나요?"

"잘 안 마시려고는 하는데 오늘은 한잔하고 싶네요?"

그렇게 집 앞마당에서 시작된 술자리는 새벽까지 이어졌다. 나와 띠동갑을 넘어선 그녀는 아르헨티나에서 돌아온 지 2년이 채 되지 않았다고 했다. 탱고가 너무 좋아서 훌쩍 가방 하나 메고 떠난 뒤 10년 넘게 한국에 오지 않게 될 줄을 몰랐다고.

'와, 이곳에서 20년째 게스트하우스를 하고 있는 편이 더 자연스럽지 않나?' 그렇게 또 나의 편견이 뒤통수를 때렸다. 아르헨티나, 탱고, 사랑, 그리고 그전에 친구와 운영하던 호프집 이야기까지. 그리고 목공을 배운 이야기도 하셨다. 목공을 해 본 사람들만이 이해할 만한 이야기에 시간 가는 줄 모르며 캔을 비웠다. 오랜만에 한잔하신다는 언니(?)는 딤채에 숨겨 둔 귀한 담금주를 들고 나오셨디. 결국 숙취에 조금 늦게 눈을 뜬 아침이 되었다.

"담금주가 기가 막히더니 숙취도 기가 막히네요. 괜찮으세요?"

"와, 내도 그래 마신 게 진짜 오랜만이네~ 그래도 너무 좋았다!"

언니가 되어 버린 호스트분과 인사를 나누고 호수와 숙소를 나섰다. 시장에 가서 수제비도 먹고 하염없이 바다를 바라보기도 했다. 마당에서 뛰노는 호수를 보며 몇 시간 말없이 우드 카빙을 하기도 하고, 봐야지 생각만 했던 영화도 두 편 보았다.

마지막 날, 언니는 아침을 꼭 대접하고 싶다며 직접 갓 구운 빵과 원두를 갈아 내린 커피를 가지고 오셨다.

"그래도 오십 넘게 인생을 살아 보니께 어떻게든 살아지더라. 너무 지쳐 보여 하는 말이다. 열심히 살다 또 아등바등한 내가 싫어지거든 언제든 편히 놀러 와."

아쉬운 마음을 가득 안고, 짐을 싸서 숙소를 떠나던 때, 향이 가득한 허브 주머니를 손에 쥐어 주시고는 강아지를 안고 마당 앞까지 나와 손을 흔들며 외치셨다.

"무이, 비엔! Muy, bien!"

아주 잘하고 있다는 그 인사가 지금도 아른거린다.

"Muy, bien!"

나무 비밀 서랍

집 가에 갖출 구, 가구를 갖추어 집이 된다. 공간은 그
야말로 텅 빈 무의 공간, 이 안에 어떤 가구를 갖추어
두고 어떤 물건들을 채워 놓는지에 따라 나의 집, 우리
의 공간으로 탈바꿈한다. 그렇게 가지각색의 취향이 묻
어난 수많은 공간들을 보며 맥시멀리스트, 미니멀리즘
이란 단어도 생겨나고, 하고 싶은 인테리어 스타일을
찾아보기도, 이런 식으로 살고 싶다 꿈꾸기도 한다.

20대에 혼자 살 때는 나의 공간을 모두 이케아 가구들로 채웠다. 가성비가 좋고 디자인도 예뻤기에 꽤나 만족하며 썼다. 그때는 MDF에 필름지를 붙인 것과 안 붙인 것을 굳이 따질 필요가 없었고, 시간이 지나며 헐거워지는 나사나 볼트에도 크게 신경 쓰지 않았다. 다만 그렇게 샀던 가구들은 이사를 갈 때에 대부분 폐기물 스티커를 붙여 버려졌고, 새 가구를 이사 간 집에 맞게 다시 구입했기에 사용 기간이 그리 길지 않았다.

목공을 배우면서 다양한 목재의 종류와 그 차이를 알게 되고 나무를 주는 자연에게 감사함이 생겼다. 태도가 달라진 후로는 오래 쓸 수 있는 가구에 대해 생각했다. 빈티지 가구가 멋스럽다 여겨지고 가치가 인정되는 것에도, 오랜 고목으로 만들어진 가구는 시간이 지날수록 더 매력 있는 것에도 이유가 있다. 어쩌면 그런 가구를 만드는 것이 내 업의 궁극적인 목표이다.

목재이기에 감수해야 하는 불편함은 분명히 있다. 목재 책상을 쓴다면 뜨거운 것을 올릴 때도 받침이 필요하고, 차가운 음료를 마실 때에도 컵 받침을 받치는 것이 좋다. 이런 책상을 쓰는 것은 참 수고롭다. 하지만 이 수고로운 부분이 물건을 조심스럽게 다루는 손과 마음으로 이어진다. 자연스레 함부로 다루지 않는 손동작과 마음이 생긴다.

물론 사용자의 편의를 위해 목재 위에 여러 코팅을 더하는 방법도 생겼지만, 보완 정도가 강할수록 인위적이고 화학적일 수밖에 없는 것이 사실이다. 그 때문에 나무의 원래 성질을 최대한 살리며 보존하는 방법을 고려하며, 그 선을 지키기 위해 노력한다.

긁히기도 찍히기도 하는 나무는 그렇게 생활 습관과 세월의 손때가 그대로 묻어난다. 쉽게 바꾸고 버려지는 가구가 아니라 오래 쓰고 그 흔적을 가진 가구를 사랑하는 사람들이 많아졌으면 좋겠다.

왜 그런 서랍 하나쯤 있지 않은가. 아주 잡다하게 넣어 둔 물건들이 모인 서랍장, 평소엔 살 열지도 않으닌

서 정리하려고 일단 열었다 하면 결국 제대로 버리는
물건도 없이 추억 속으로만 빠져드는, 빛바랜 스티커
사진, 첫 해외 여행에서 사 온 열쇠고리, 켜지지 않는
MP3 같은. 그렇게 몇 번의 이사 끝에도 버리지 못하
고 이 집에서 저 집으로 꿈틀대는 추억의 서랍 말이다.
모두가 아주 오래된 그런 소중한 나무 비밀 서랍이 하
나쯤은 있는 삶, 그리고 그런 가구를 계속 만들어 가는
내 모습을 상상해 본다.

나무 사이

1판 1쇄 인쇄 2024년 6월 7일
1판 1쇄 발행 2024년 6월 14일

지은이 박수인 지유진
펴낸이 김성구

책임편집 이은주
콘텐츠본부 고혁 조은아 김초록
디자인 이영민
마케팅부 송영우 김나연 김지희 강소희
제작 어찬
관리 안웅기

펴낸곳 (주)샘터사
등록 2001년 10월 15일 제1-2923호
주소 서울시 종로구 창경궁로35길 26 2층 (03076)
전화 1877-8941 | 팩스 02-3672-1873
이메일 book@isamtoh.com | 홈페이지 www.isamtoh.com

ISBN 978-89-464-2275-9 03810

값은 뒤표지에 있습니다.
잘못 만들어진 책은 구입처에서 교환해 드립니다.

샘터 1% 나눔실천
샘터는 모든 책 인세의 1%를 '샘물통상' 기금으로 조성하여 매년 소외된 이웃에게
기부하고 있습니다. 2023년까지 약 1억 1,200만 원을 기부하였으며,
앞으로도 샘터는 책을 통해 1% 나눔실천을 계속할 것입니다.